笑った泣き地蔵

～御田慶子童話選集～

御田慶子
Yoshiko Mita

たま出版

笑った泣き地蔵　～御田慶子童話選集～　目次

イラスト……深見春夫
薙野晴美

流れ星リュウちゃんの話

ここはひろいひろいお空のうえ。

リュウちゃんとピカちゃんは、なかよしの小さなお星さまです。

「リュウちゃん、温かそうなえりまきしてるね」

「ママが編んでくれたんだ。そろそろ北風おじさんがやってくるからって」

ふたりはピッカピッカお話しながら、白雲おばさんの家に遊びにいくところです。

そのとき、いじわるな北風おじさんが大きな風袋を持って、ふたりのうしろから近づいてきました。

そして、風袋の口をふたりにむけてサーッとひらきました。ヒュー、ヒュー、ビュー、ビュー。とてもとても冷たい風があっというまにリュウちゃんを吹き飛ばしてしまいます。

リュウちゃんは黄色いえりまきを必死でおさえながらさけびました。

「助けてー、寒いよー、ピカちゃーん、ピカちゃーん」

ひろいひろいお空でひとりぼっち、まっくらなお空をリュウちゃんは

どこまで流されてゆくのでしょう。

高い空から見ていたやせっぽちのお月さまが大きな声で言いました。

「リュウちゃーん、はやくわたしの足につかまりなさーい」

親切なお月さまの足にしがみついたリュウちゃん、やっと助かりました。

「お月さま、ありがとう。あんまりびっくりして、もうくたくただよ僕」

「かわいそうに、私のおなかにゆりかごを吊《つ》ってあげるからもうおやすみ」

お月さまのゆりかごはあたたかくていい気持ち。「ぴかぴか星よ、ちいさな星よ…」お月さまは一晩じゅう、子守唄を歌ってくれました。

まぶしいあたたかい光がさしこんで、リュウちゃんはびっくりして目をさましました。東のお空からニコニコとお日さまが顔を出しています。こわごわ下をながめると、青い地球も目をさまして、元気に働きはじめています。

リュウちゃんは、はじめて見る地球がめずらしくてたまりません。

「ねえ、お月さま、教えてよ、ぼく、はじめて見るんだ。あの水色に流れているのはなに？　あの緑色はなに？　あの茶色は？」

お月さまは、きのうよりちょっぴり太ったおなかをかかえて笑いました。

「わたしは夜の地球しか知らないんだよ。地球のおじさんに聞いてごらん」

そのとき、地球おじさんが言いました。

「ぼくは地球だよ。大昔からお月さまとはなかよしなんだ。むかーしむかしに、神様からたのまれたんだ、『おまえの大きなおなかのうえに、青い海や緑の森や茶色の山をいっぱいのせて、たくさんの人間や動物やお魚をすまわせてあげなさい』ってね」

「ふーん、おじさんは力もちなんだなあ、偉《えら》いなあ」

「リュウちゃん、ほんとうに偉《えら》いのはあのお日さまなんだよ。温かい光は僕のごちそうなんだ。お日さまがキラキラ照らすと、海の水がフワフワ雲になって、雨や雪になって降ってくる。木も土もよろこぶんだよ。お月さまも空から手伝ってくれるのさ」

「お月さまも？　どうやって？」

だまって聞いていたお月さまがはずかしそうに、ちょっぴり得意そうに言いました。

「わたしはね、おなかをふくらませたり、へこませたりするのが得意なのさ。地球の人間はわたしの体を見て、カレンダーをつくったんだよ。春には種まきして、秋には稲刈りするんだ。人間は〝お月さまありがとう〟って、お団子なんか供えてくれるのさ」

「びっくりしたなあ。みんな助け合ってるんだ、僕、ピカちゃんにも話してあげよう」

「じゃ、南風のおじさんを呼んで送らせよう。帰りみちは北極星のおじいさんが教えてくれるからね」

リュウちゃんは、親切なお月さまや力持ちの地球や、だまってニコニコしているお日さまに「ありがとう」とごあいさつすると、えりまきを

ヒラヒラさせて帰っていきました。

大男のお帽《ぼう》子《し》

たいへん欲ばりな大男がいました。

虎の皮でつくったりっぱなチョッキを着て、パンツも虎の皮です。

今日は大きな刀を持って、虎の親子が遊んでいる草原にやってきました。

その姿を見た虎のお母さんがさけびました。

「ぼうやたち、はやく竹やぶにかくれなさい！」

「待て！　俺《おれ》さまは帽子《ぼうし》をつくるのだ。やわらかい子虎の皮をよこせ！」

大男は、大きな刀をふりかざし、竹やぶめがけてズシン、ズシン。

そのときです。

パチパチッ、ドーン、ゴロゴロゴロゴロ……。

暗くなったお空がピカッと光って、おおつぶの雨といっしょになにかが落ちてきました。

虎を追いかけていた大男の前に、小さな角《つの》が生えた子鬼が立っています。手にはかわいい太鼓を持ち、虎の皮のパンツをしています。

「ちょうどよかった。俺《おれ》さまは帽子《ぼうし》をつくる虎の皮が欲しいのだ。おま

え、パンツをぬいでおいてゆけ！」

大男はいばって言いました。

「なんだと、これは死んだお父さん雷から、おかたみにもらった大事なものだぞ。なんでおまえなんかにやるものか！」

「よこせ！」

大男が怒って刀をふりあげました。

子鬼はドーンと太鼓を打ちます。

ビリビリッ！　刀を持った大男の手に電気が流れます。

「もっと強くたたこうか？　やけどするぞ。いや、黒こげになって死んじゃうぞ」

大男は体中しびれて口もきけません。目からはポロポロ、大粒の涙。

しばらくすると刀をほうり出して座りこんでしまいました。

いつのまにか雨がやんで虹が出ています。

大男の目にきれいな涙が光るのを見て、雷さまの子供は虹の橋を渡って帰っていきました。

大男はどうなったかって…。

「もう虎の皮なんていらない。あったかい毛糸の帽子《ぼうし》がいいや。虎さん、ごめんね」

大男は、黄色と黒の毛糸でお帽子《ぼうし》を編《あ》みました。しましまのお帽子《ぼうし》はとてもよく似合っていましたよ。

笑った泣き地蔵

〈一〉

くさい！　なんとも言えない息のつまるようなくさい空気がいっぱいです。

あちらこちらから、「苦しいよー、助けてくれー」と泣きさけぶ声、うめき声がしています。太陽の光はささず、うす暗いどんよりよどんだ空気の地獄の朝です。

小悪魔たちがノートと鉛筆をかかえて走っていきます。

「オーイ、みんな遅れるな、急げ急げ。大王さまのごきげんが悪くなると大変だぞ」

「この前、無間地獄《むげんじごく》係がちょっと遅れてきたので、その場で大王さまにつまみあげられて、パクリと食われてしまったのだからな」

おお怖《こわ》い、怖《こわ》い。

今日は大王さまのご講義がある、だいじな日なのです。

人間が死ぬと、いまいる三次元の世界から、四次元の霊界に行きます。生前、世のため人のためにいいことをして徳をつんだ人は、同じようなよい心を持った人が住んでいる、四次元より高い五次元、六次元といった、光りかがやく、安らぎの世界に行きます。

自分中心で欲深く、平気で人を傷つけたりする人は、光もにぶい、悪い仲間のいる場所の方が安心だからと、自分から地獄に落ちていってしまうのです。

地獄には、身の毛もよだついろいろな場所が用意されていて、小悪魔がムチを持って監視しています。顔は人間のまま、体が、牛や、馬や、狐、ヘビなど、いろいろな動物になってしまって苦しむ場所もあるし、血の池のなかで、アップ、アップとおぼれてしまうところもあります。

がい骨のようにやせて、「ひもじいよー、食べたいよー」と泣きさけび、やっとごはんを見つけて食べようとしても、ポーッと燃えてなくなってしまうようなところもあります。

おたがいに剣やピストルを使って、亡者《もうじゃ》たちが殺しあいばかりしているところもあります。亡者《もうじゃ》たちは、そこで殺されても、監視役の悪魔が「生きかえれ」とムチでたたくとまた起きあがって、こりもせず殺しあいをはじめるのです。

生きていたときに自分がしたあらゆる悪いことが自分に返ってきて、ムチでたたかれ、血の池に投げこまれ、「どうしてこんな苦しい目にあうのだろう?」と、自分の生前の生き方を反省する心がおきるまで、くり返し、あきもせず続けられるのです。

最近は、自殺してしまった人が迷いこんでくるようになって、地獄は浅いところから深いところまで満員です。

さて、地獄の集合所には悪魔がせいぞろいして、いよいよ大王さまのお出ましです。大王さまがすみからすみまでぐるっとひとにらみすると、小悪魔たちは目を伏せて、シュンとかしこまってしまうのです。

「みなのもの、全員集まっておるか! 今日は講義のあと、全員のテストをおこなうぞ!

いま、俺《おれ》さまはおまえたちの想像もつかん宇宙を研究しはじめておる。これから地球がどうなるのかということだ。太陽系はいま、魚座からみずがめ座に入りつつあり、やがて悪人のいない、平和な世界になるであろう。いまは夜明け前のいちばん暗いとき、地獄がいちばん繁盛《はんじょう》しているときなのである。

やがて地上の戦争や大災害もなくなり、平和な光の世界に突入してしまう。したがって、地獄に落ちてくる亡者《もうじゃ》もいなくなり、われらは失業せねばならなくなる。地獄そのものが追放されるのだ。これは宇宙の進化の法則であり、さからえないのである！」

小悪魔たちは、大王さまのむずかしい話がよくわからず、ざわざわさわぎ出しました。

一匹の悪魔が手をあげます。

「大王さま、宇宙とやらは広いんでしょうから、どこかに地獄を引越しはできねえもんですか？」

小悪魔たちも、

「そうだ、そうだ、追放される前に引越しだ」

と、さわぎ出しました。大王さまは悪魔たちをひとにらみ、講義を続けます。

「俺《おれ》さまも引越しは考えておる。幼稚《ようち》なおまえらの知識では理解できぬであろうが、その前に、よくよくわしらも勉強しなければならん。地球上のできごとは複雑で、地獄にいては理解できないことが多いのだ。自分以外の生きものを無条件で助けるとか、愛するとか、地獄では考えられんことだ。おまえら、愛するとはどんなことか、みがわりになるとはどんなことかわかるか？　わからんだろう。

そこで、テストの成績がいちばんいい者を人間界に派遣することにした。

現在の地球は戦争ばかりして、毎日殺人事件が起こり、生き地獄と言われておる。光の世界が来る前に、あと一息がんばれば、地球はわれわれの住む地獄と同じようになるであろう。

このテストは地獄の歴史や亡者《もうじゃ》の扱いかた、地獄についての問題ばかりだ。よいか、地獄の発展のために、よくよくがんばって答えを書け！」

大王さまは、人間の皮をはぎ取ってつくったテスト用紙を配り、悪魔たちは大汗だくだくでどうやら書き終えました。そして、ガヤガヤともとの持ち場に帰っていきました。

大王さまのいちばん恐れていることは、人間に影響されて、悪魔たちが善悪の判断をするようになってしまうことでしたが、もっとも優秀な悪魔を選べばそんなこともないはずです。

地獄は、何億年も昔、天使のひとりルシフェルが、欲に目がくらんで光の天使たちに反逆し、霊界の隅《すみ》につくったものです。ルシフェルは、そこで地獄のルシファー大王となったのです。地獄の大王はもとは天使だったのですね。


さて、テストから一週間たちました。誰が選ばれたのでしょうか。

大王さまは、かしこそうな男悪魔を一匹呼んで言いました。

「おまえの答案がいちばんよくできていたぞ。それにおまえは読心術《どくしんじゅつ》にも長《た》けておる。心のなかを読み取ることは悪魔としていちばん大切な術である。おまえを地上に送り出すことに決めたから、いろいろ準備しておけ」

大王さまは戸棚から古ぼけたフタつき壷《つぼ》を取り出し、男悪魔に言いつけます。

「この壷《つぼ》をりっぱにみがいて、亡者《もうじゃ》たちのけがれた魂を千個詰めて持って行け。地上の人間の魂を抜き取り、かわりにこれを入れてやるのだ。よいな、一年間に千個の魂を取って届けるのがおまえの仕事である。一個でも足りないときは、おまえはバーベキューにされるものと思え！明日、〝地蔵の穴〟から地上に出るのだ」

選ばれた男悪魔は、一晩中壷《つぼ》をみがきました。

亡者《もうじゃ》の魂を千個集めるのはたいへんでしたが、一匹の女悪魔が手伝ってくれました。女悪魔は以前から男悪魔のことが好きだったのです。二匹でけがれた亡者の魂を千個壷《つぼ》に入れ、しっかり封をしました。

このようすを見ていた大王さまは、ひとりうなずきました。

「よし、特別に女悪魔も補佐役につけてやろう。あいつはウソをつくのが上手だったから、なにかの役にたつだろう」

こうして、ある寒い朝、二匹は亡者《もうじゃ》の魂の入った重い壺《つぼ》を持って、地蔵の穴をめざしてのぼっていきました。

〈二〉

地上はお正月をむかえてにぎやかです。

「泣き地蔵駅」は町の中心にあって、お地蔵さまは駅前の銀杏《いちょう》の木の下で、いつも悲しそうに大粒の涙をこぼしています。足もとの石の台の上は、お餅やみかん、お菓子など、お供えものでいっぱいです。きれいに着飾った親子が、新しい赤いよだれかけをお供えしてお祈りをはじめました。

「お地蔵さま、今年も子供たちが元気でありますようにお守りください。

…でも、どうしていつもお地蔵さまは泣いているのですか？　何が悲しいのでしょう？　一度でいいから笑ってください。子供たちもよろこびます。どうか泣かずに笑ってください…」

でも、赤いよだれかけは涙でグショグショのままです…。


次の日の朝はやく、町がまだ眠っているとき、このお地蔵さまの足元がグラリと揺れました。大きな穴があき、くさい風がサーッと吹き上げて、人間の姿に化けた男と女の悪魔が壺《つぼ》をかかえて出てくると、ふたりはお地蔵さまをもとにもどして、穴をふさいでしまいました。

ふたりは、駅に近い空き地にこっそり家を建てました。家の裏には窓のない蔵をつくって大きな鍵《かぎ》をつけ、その中に亡者《もうじゃ》の魂を入れた悪魔の壺《つぼ》を置きました。

おかみさんになった女悪魔は、悪魔の壺《つぼ》のほかにフタのついた壺《つぼ》をたくさん買ってきて並べ、張り紙をしました。それぞれの張り紙にはこう書いてあります。「うらみ」「ねたみ」「よくばり」「暴力」「にくしみ」「なまけ」「不潔」「うたがい」……。

地上の人間から抜き取った悪い魂を入れておく壺《つぼ》のようです。

旦那《だんな》さんになった男悪魔は、古ぼけた机とイス、あんどん、大きなルーペ、占いに使う筮竹《ぜいちく》、そして空っぽのフタつき壺《つぼ》をひとつ用意しました。

旦那《だんな》悪魔は机とイスをかついで駅にむかいます。お地蔵さまと向き合った空き地に机を置いて、占いの店をはじめたのです。机の上にはうすぐらいあんどんと筮竹《ぜいちく》、机の下には蔵から持ってきた悪魔の魂の壺《つぼ》と、抜き取った魂を入れる壺《つぼ》を置き、それを隠すために大きなテーブルかけをたらしました。

あんどんにはやっと読めるくらいの薄い字で、「よくあてる店、当り屋」と書いてあります。

一日の仕事を終え、疲れきって帰ってきた人たちが電車をおりてくると、占い師に化けた悪魔の読心術《どくしんじゅつ》のはじまりです。

「ちょっと、そこの旦那《だんな》さん、上司《じょうし》にしかられたからって、そんなにしょげることはありませんぜ」

「えっ、どうしてそんなことがわかるんだ？」

「へへへ、私は占い屋でござんすぜ、心のなかのことならなんでもわかりまさあ。旦那《だんな》、元気を出して、一杯引っかけてから帰ったほうがいいですぜ」

　こんなふうに言いながら、悪魔は、すばやく相手の魂を机の下の悪魂とすりかえてしまいました。

　次のお客は暗い顔をしたご婦人。

「そこの奥さん、あなた、いまから家に帰ったら旦那《だんな》のゲンコツが待ってますぜ。子供の泣き声も聞こえるし、あんな男とはさっさと別れるにかぎりますよ」

　おどろいて立ち止まったご婦人の魂を、すばやく悪魂とすりかえてしまいました。

　こんな具合で、旦那《だんな》悪魔の占いの店は大繁盛《だいはんじょう》です。ぬきとった魂で壺《つぼ》はみるみるいっぱいになっていきました。

いっぽう、おかみさん悪魔は、高級に見せかけたネックレスや指輪、きれいなドレスや靴《くつ》をならべ、甘い言葉と笑顔で母親たちをだまし、まわりの人たちより高価なぜいたくなものを買うようにそそのかします。

子供にも、友達より高価なおもちゃや服を買うようにさせたので、子供たちは悪魔の言うままに、豪華《ごうか》なものを母親にねだるのでした。買ってもらえない子はいじめられ、子供たちの自殺が増えました。

悪魔夫婦の店が繁盛《はんじょう》すればするほど、町の空気はにごり、地獄と同じようになってきて、あっちにも、こっちにも、暗いすさんだ空気が流れるようになってしまいました。あっちからも、こっちからも、どなり声、わめき声、子供の泣き声が響いてきます。

悪魔夫婦はたった半年で町を地獄にしたのです。

これを見た大王さまは大喜び。でも、大王さまにほめられた悪魔夫婦は、図に乗って、だんだん欲が出てきました。

そして、とんでもないことを考えるようになったのです。

「おまえ、人間のように子供がほしくないか？」

「そうね、人間よりずっとかしこくて、悪魔よりもずっとかわいらしい子供がほしいわ」

「頭に角《つの》もなく、長い爪《つめ》もはえていない、人間に化ける必要のない利口《りこう》な子がいいな」

ふたりは相談して、子供の守り神といわれる駅前のお地蔵さまにお願いしてみることにしました。お地蔵さまは悪魔夫婦のよくばりな願いをかなえてくれるのでしょうか。

悪魔夫婦がお地蔵さまにお願いしてしばらくして、なんと、ふたりの間に、愛らしい男の赤ちゃんが生まれたのです。ふたりは大よろこび。悪魔夫婦は大王さまにはないしょで、こっそり育てることにしました。

子供は日に日に大きくなり、利口《りこう》でやさしく、美しい少年になっていきます。そんな我が子を見ていて、悪魔夫婦はいままで味わったことのない不思議な気持ちになりました。自分以外のものを愛《いと》しく思う気持ちです。朝に晩に、子供を抱くたびにどんどん強くなっていくのは、親子の愛情でした。

これが、大王さまが言っていた人間の心というものなのでしょうか。


お地蔵さまの前から長くのびた銀杏《いちょう》並木も、実が色づき、ひとつ、またひとつと道に転がりはじめました。もうすぐ冬になるのです。

しばらく地獄の仕事も忘れていた悪魔夫婦に、地獄界から大王さまの使者がやってきたのは、そんな冬の近い、寒く暗い夜のことでした。

子育てに夢中になっていた悪魔夫婦はギクッとしました。

「明日、火星から、俺《おれ》さまと仲良しの魔王が地球地獄界を視察に来られることになった。もてなしのために、地球人の魂を料理してさしあげようと思う。おまえたち！　さっそく集めた千個の魂を届けよ。必ず千個でなければいけないぞ。――大王より」

悪魔夫婦は大あわて。

いままで集めた魂は九百九十九個、あとひとつならいつでも取れる、とのんびりして、子供のことばかり考えていたのです。

もしかしたらかぞえまちがいをしているかもしれないと、もう一度かぞえなおしてみましたが、やっぱりひとつ足りません。

使者悪魔の接待をしているどころではありません。はやく魂を千個そろえて使者悪魔に渡さなければ、悪魔夫婦はバーベキューにされてしまいます。旦那《だんな》悪魔は大急ぎで出かけました。

「だいじょうぶ、ひとつくらい、すぐに取れるさ」

ところが、今日にかぎってちっともお客があらわれません。とうとう最終電車が来てしまいました。そこから降りてきたのは、白マントをはおったスラリと背の高い男がひとりだけです。白マントの男は、降りてくるや、顔をしかめてひとり言を言っています。

「くさい！　なんてにごった空気の町なんだろう。どこか、空気の澄んだ宿はないものかなあ」

見渡すかぎり、客になりそうなのはこの白マントの男だけです。この男を捕まえそこねたら、悪魔夫婦は大王さまのバーベキューになってしまいます。旦那《だんな》悪魔は必死の思いで白マントの男に声をかけました。

「旦那《だんな》、おいしい空気の宿に案内いたしましょう、ついていらっしゃい」

白マントの男は、素直に旦那《だんな》悪魔についてきました。家ではおかみさん悪魔が使者悪魔にお酒を飲ませています。旦那《だんな》悪魔はおかみさん悪魔に耳うちして、いちばん上等な部屋に白マントの男を連れて行き、ありったけのごちそうとお酒を用意して、お香《こう》までたいてもてなしながら、男の魂を抜き取るすきを狙《ねら》いました。これに失敗したら、夫婦はふたりとも大王に食べられてしまうのです。

そっと男の魂に爪《つめ》を引っかけようとしましたが、まるでうまくいきません。旦那《だんな》悪魔はびっくりしました。いままでの人間は、心のなかに不平不満、いらだち、怒りなどがあふれて、胸のなかで騒ぎまわっていたので、悪魔の鋭い爪《つめ》をすぐに引っかけて抜き取ることができたのですが、この男はどうでしょう。

心のなかに悪い心も動揺もない、すべすべの魂なので、爪《つめ》を引っかけるところが見つかりません。しかも、用意したお酒もごちそうも食べようとせず、じっと目を閉じているのです。

旦那《だんな》悪魔は、男が寝ているあいだに抜き取ろうと考えましたが、おどろいたことに、男は、寝ているときも心のなかは平静そのもので、悪魔夫婦を疑ったりすることもまったくないのでした。

そのまま、とうとう夜が明けてしまいました。

男はニコニコして、

「おはようございます。昨夜はたいそうお世話になりました。お礼をしたいのですが、旅の途中で持ち合わせがなく…もうしわけありません」

旦那《だんな》悪魔は、いまいましさをつくり笑いでごまかし、言いました。

「いえ、いえ、この町の空気はどこへ行ってもこんなものですからね。これからどこへ行かれるので?」

旦那《だんな》悪魔はまだあきらめていません。チャンスをうかがっています。

男が口を開きかけたときです。かわいい声とともに、旦那《だんな》悪魔の自慢の坊やが出てきました。

「おじちゃん、おはようございます。もうお帰りですか?　今朝は雪もちらついてとっても寒いから、マントのえりを立ててね」

そう言って、背伸びしてマントを着せかけてくれる坊やの好意に、男はニコニコして言いました。

「坊や、ありがとうね。そうだ、おじさんはすっかり忘れていたよ。白マントのポケットのなかに、いいものが入っていたんだ」

旦那《だんな》悪魔の目が一瞬光ります。

男が取り出したのは、透き通った水晶玉でした。

「さあ、手をお出し。坊やにこの玉をあげよう。この水晶玉は、心の美しい人が持っているとピカピカ輝いて、すばらしいエネルギーが出るんだよ。坊やにふさわしい宝物だから大事にしてね。では皆さま、お世話になりました。さようなら」

「おじちゃん、ありがとう。また来てね」

白マントの男は、最後まで心静かなまま去っていきました。粉雪の舞う並木道に見える後ろ姿に、坊やはいつまでもいつまでも手を振っていました。

〈三〉

戸外とは裏腹に、家のなかはたいへんなことになっていました。大王さまの使者は、魂を千個持ちかえらないと自分もバーベキューにされると言ってわめきちらしています。

大王さまの恐ろしい顔、バーベキューの熱い網、焼けた串《くし》…考えるだけで怖くてしかたありません。しかし、時間はどんどん流れていきます。今日中に…今日中に何とかしなくては…。旦那《だんな》悪魔は頭を抱えて半狂乱。顔は真っ赤になったり、真っ青になったり、冬だというのに大汗がタラタラ。

人間の魂なら…そうだ、我が子の魂でもいい…。

一瞬、そんな考えが旦那《だんな》悪魔の頭に浮かびました。すると、その思念をキャッチしたおかみさん悪魔が台所から飛んできます。

「あんた、なんてひどいことを考えるんですか！　あの子の魂を取るなら、先に私を殺しなさい、さあ！」

おかみさん悪魔は、着物の胸を開いて旦那《だんな》悪魔にせまります。

「…おまえから取りたくても、おまえは人間ではないからだめだ。人間の魂を持っているのは、可愛い坊やだけなんだ。俺はどうして子供なんかつくってしまったんだろう。こんなにも我が子がいとおしいとは…」

おかみさん悪魔もせつない胸をかきむしり、こんなことなら、お地蔵さまにはもっと悪魔らしい子にしてもらえばよかった！　と、悔やみました。

悪魔夫婦は手を取り合って泣きました。

人間の親子の情愛とは、このような気持ちのことなのでしょうか。いままでは、自分の命を投げ出しても坊やを守ってやりたいと思うのでした。

使者悪魔は、夫婦のやり取りを見て不思議に思い、じれったくてたまらなくなりました。

「おい、いいかげんにしろよ、ふたりとも。あのチビのために、なんで自分の命をそまつにするんだ、バカバカしい。はやく子供を殺して魂を取り出せば、われわれの命も助かるし、大王さまのごほうびもたんまりだぞ。フ、フ、フ…。

よし、おまえたちがやらないなら、俺が殺して魂を取ってやろう」

それを聞いた夫婦は思わず我が子をかばって、使者悪魔の前に立ちはだかりました。

三匹の悪魔はたがいに殺気立《さっきだ》ち、にらみ合います。すきあらば子供から魂を取ろうとする使者悪魔と、それを阻止しようとする夫婦悪魔の無言の対立！

そのとき、こともあろうに坊やが水晶玉を握《にぎ》って、ニコニコ笑いながら出てきました。

「おじちゃん、お父さんやお母さんをいじめないで」

悪魔を恐れるどころか、むじゃきな笑顔まで浮かべています。

「僕の宝物をあげるから、もうケンカしないで」

坊やは、ピカピカ輝く水晶玉を使者悪魔の手のひらにのせて、頭を下げて頼みました。悪魔夫婦は声も出せずにそれを見守っています。我が子の行為をまのあたりにして、今日まで自分たちがしてきたみにくい行い、みにくい生活を思い起こし、はずかしさでいっぱいになりました。

夫婦が自分たちの行いを悔いたとき、水晶玉は急にクルクルまわりはじめ、同時に、大きく、重たくなっていきました。そして、とうとう使者悪魔の手から落ちて、おどろく悪魔たちをあざ笑うかのように、白い粉雪の舞うなか、駅への道をコロン、コロン、と転がっていきました。

あっけにとられていた一同は、「大変だ、大変だあ」と、転がる水晶玉のあとを追いかけはじめます。

コロコロ、コロコロ、水晶玉の早いこと、早いこと。とうとうお地蔵様に正面衝突《しょうとつ》して、やっと止まりました。お地蔵様はバッタリ倒れて、地獄穴がぽっかりあらわれました。

悪知恵のはたらく使者悪魔はとっさに考えました。

『この不思議な宝の玉を、魂のかわりに大王さまに差し出せば、俺の命は助かるかもしれないぞ…』

使者悪魔は穴のなかに入って水晶玉をつかみました。水晶玉は大きく重くなっているので、下から両手で支えます。しかし水晶玉はクルクルまわりながら、穴の大きさと同じになってピッタリ止まってしまいました。地獄穴に、びくともしない水晶玉のフタができたのです。

これを見ていた坊やはおどろいて、両親に頼みました。

「お父さん、穴に落ちたおじちゃんがかわいそうだよ、助けてあげて」

「なに、助けるだと？　あいつはおまえを殺そうとしたんだぞ！」

坊やはかわいい顔に涙をうかべて頼みます。

「でも、ぼくは殺されていないよ。許してあげようよ、はやく助けないとおじちゃんが死んじゃうよ、ねえ、はやく助けてあげて」

「ああ、なんてやさしい心を持った子だろう。大人たちでさえ許しあえずにしかえししてばかり、戦争ばかりしているのに」

坊やのまぶしいやさしくて広い心を感じて、反省の心が出はじめた夫婦は、フタになってしまった水晶玉に手をかけますが、水晶玉はびくともしません。ただ、穴の底にむかって、ひとすじの光が流れているのが見えるだけでした。

夫婦は必死になってがんばりましたが、どうしても動かすことができません。夫婦はついにあきらめました。きっと大王さまでもこの玉をどかすことはできないにちがいありません。

夫婦はお地蔵さまを起こして雪をはらい、また元通りに立っていただきました。

そうしてすべて元通りになってみると、昨日からのできごとが夢のように思われ、夫婦は思わずお地蔵さまの前にひざまずき、手をあわせるのでした。

「お地蔵さま、私ども夫婦は地獄から地上に出て来たおかげで、すばらしい子供に恵まれ、本当の人間らしさを教えられました。命の大切さを知りました。もう二度と地獄の心、悪魔の法は使いません。いままでのことをお許しください」

「お地蔵さま、これからも子供たち、町の人たちをお守りください」

長い反省のお祈りが終わってお地蔵さまを見上げると、なんと、流れ続けていたお地蔵さまの涙がぴったり止まっています。それどころか、ニコニコ、ニコニコ。

これからは、駅の名前を「泣き地蔵駅」から、「笑い地蔵駅」に変えなければならないようです。

それからは、悪魔の一家は心やすらかになり、人々に不足している「許し」「利他」「笑い」を実行し、町の人からも信頼され、お地蔵さまのお堂をたてて、幸せに暮らしたのでした。

三年後。

夕焼けのうつくしい初冬、きれいな銀杏《いちょう》の葉がヒラヒラと並木道をいろどっています。駅から、見覚えのある白マントの男が降りてきました。

笑い地蔵の前で立ち止まると、大きく深呼吸を二、三回。

「うまい！　こんなにおいしい空気になっているなんて。もうあの悪魔の夫婦に会う必要もないだろう」

お地蔵さまも、その言葉にニッコリうなずきました。白マントの男は

黄色い葉っぱのじゅうたんを踏みしめ、沈みかけた夕日に向かって歩いていきます。

長い長い並木道、白マントが赤くそまって、やがて、彼の姿は、空いちめんを染めている夕焼けのなかに溶け入っていきました。

香《こう》木《ぼく》の涙

ある町に大きな材木店が一軒ありました。
その店でいちばん高価な材木は、とてもとてもいい匂いのする香木《こうぼく》でした。

大きな旅館のご主人が店にやってきて、香木《こうぼく》をとても高い値段で買っていきました。旅館のいちばん上等の部屋の床柱《とこばしら》にしようと考えたのです。香木《こうぼく》のすえられた部屋は人々のあこがれの部屋になりましたが、値段が高くて誰もが泊まるわけにはいきませんでした。大金持ちの旅人がときおり泊まるくらいです。

ある日、りっぱなお坊さまが香木《こうぼく》の間に泊まることになりました。うわさどおりのよい香りにうっとりしたお坊さまは、心地よく眠りにつきました。
真夜中、夢うつつに誰かが部屋に入ってきたのか、シクシクと泣く悲しそうな声でお坊さまは目を覚《さ》ましました。不思議に思って部屋のなかをあちこち探してみましたが誰もおりません。ただ、よい香りばかりがたちこめているだけでした。

やっと泣き声がやむと、床の間の柱が語りはじめました。

「お坊さま、どうか私の話を聞いてくださいませ。私は以前、天上界で暮らしていた、香りの高い香木《こうぼく》でございました。自分の持っているよい香りを自慢しておりましたところ、あるとき神さまに呼ばれて、『おまえは自分の本当のつとめが何であるか、下界でゆっくり考えて、自分の本来の仕事を果たしておいで。つとめることができれば天界に戻してやろう』といわれました。

こうして、私は天界から下界に落とされたのでございます。私は、たまにこのお部屋に泊まる方だけによい香りをさしあげるのはとても心苦しゅうございます。もっともっと大勢の貧しい人にもわけへだてなく、よい香りをさしあげたいと思います。

私の香りがいちばん役に立つのは、いちばんくさいにおいのする場所だと思います。お坊さま、お願いですから、店のご主人に話してくださいませ。床柱《とこばしら》でなく、トイレの柱か床板に私を使ってくださるようにと――。

この世に下りてきた目的は、ひとりでも多くの人々の役に立つことです。喜ばれることなのです。どうか私の望みをかなえてくださいませ」

お坊さまから話を聞いた宿の主人は、

「なるほど、人にはそれぞれ人生を充実させる目的があり、その努力と経験が魂の向上となるのだな」

と、尊い悟りを与えられたことをお坊さまと香木《こうぼく》に感謝して、さっそくトイレを改造し、香木《こうぼく》の望みをかなえてあげました。

見返りを求めず、多くの人々によい香りのトイレを開放した旅館はますます繁盛《はんじょう》しました。きっと神さまもお喜びになったことでしょう。

泣くな!

紙《かみ》助《すけ》

山のふもとにぽつんと建っている一軒屋で、ひとりぼっちの紙助坊《かみすけ》やが、ぼんやり空を見あげています。

楽しいお正月、寒空には四角凧《だこ》や奴凧《やっこだこ》が、長い尻尾《しっぽ》をヒラヒラさせて元気よく泳いでいます。北風のおじさんが通りがかって言いました。

「オーイ、紙助《かみすけ》、元気出せよ、ひとりぼっちはおまえだけじゃないんだぞ。ソーレ、ひと吹きしてやろうか、ビュー、ビューン」

風にあおられて、思わずヨロヨロ倒れそうになる紙助《かみすけ》を、奴凧《やっこだこ》が笑いました。

「ヤーイ、紙助《かみすけ》弱虫ノッペラボー、へのへのもへじを書いちゃろか！」

北風から吹きまくられ、奴凧《やっこだこ》からからかわれ、紙助《かみすけ》坊やは怖《こわ》くてお家に入ったきり、出てこられなくなりました。

うすっぺらな体で白いノッペラボーの紙助《かみすけ》は、毎日毎日、死んだお母さんを思い出して、暗いお家のなかで泣き暮らすようになってしまいました。

やがて山の雪がとけて、ポカポカ春がやってきました。いつのまにか、

紙助《かみすけ》のお家の庭も、緑でいっぱいになっています。

ある朝、窓をコツコツたたく音がしました。

「紙助《かみすけ》坊や、今年も庭の木の枝で歌をうたわせてくださいね」

やさしい小鳥のおばさんがやってきたのです。

長い冬のあいだ、家のなかでメソメソしていた紙助《かみすけ》は、突然のお客にびっくりして庭に出てみました。でも、外に出たとたんに、お日さまがまぶしくて目がまわり、その場にばったりたおれてしまいました。

「坊や！　しっかりして。かわいそうに、ひとりぼっちだったのね。さあ、おばさんが歌ってあげるから元気をお出し。お日さまにあたって運動しなくちゃ、そんな体じゃ死んだお母さんも悲しがるよ」

おばさんの言葉は、なつかしいお母さんのようでした。

やっと外に出て体操をはじめた紙助《かみすけ》を見て、小鳥おばさんが言いました。

「坊やが元気になったら、お母さんのかわりにいろいろなところにつれていってあげたいけどねえ…」

「ほんと？」

「ええ。でも、いまのままじゃ連れて飛べないからね、坊やが木の実くらいに小さくなれるといいんだけど…無理だろうねえ」

小鳥おばさんの困った顔を見て、紙助《かみすけ》は悲しくてたまりません。

その夜、紙助《かみすけ》は一晩中寝ないで考えて、とてもいい方法を思いつきました。でも、それは、とても勇気のいる方法でした。

朝になって、紙助《かみすけ》は小鳥おばさんのいる庭に出ました。

「おはよう、おばさん。ぼくね、今日からウルトラ体操するから見ていてね」

「？？？」

「いち、にの、さん！」

元気なかけ声にあわせて、紙助《かみすけ》は体をふたつに折り曲げました。見ていた小鳥おばさんはびっくり。

「坊や、痛くないの？」

「うん、ちょっぴり苦しいけどだいじょうぶ。ぼく強くなったんだ。がまんできるよ」

次の日も、また次の日も紙助《かみすけ》は自分で自分の体を曲げて、また曲げて、どんどん折りたたんでいきました。小鳥おばさんに喜んでもらいたくて一生けん命です。

そうして一週間がたったとき、小鳥おばさんがニコニコ顔で言いました。

「よくがんばったねえ、もうだいじょうぶ、旅に出られるよ」

「やったあ、うれしいな！」

次の朝、木に集まった小鳥たちに見送られて、小さな紙の玉に変身した紙助《かみすけ》をくわえた小鳥おばさんは、川の上を飛んでいきました。

生まれてはじめての旅行、それも大好きな小鳥おばさんといっしょです。紙助《かみすけ》は見るものすべてが楽しくてめずらしくて、小鳥おばさんに何でも聞きました。小鳥おばさんはやさしく答えてくれます。

ひげ面《づら》の奴凧《やっこだこ》が破れて川底の石に引っかかっているのが見えます。

「あんなに元気だったのに、かわいそうだなあ。助けてあげられない

の？」

「誰でも自分の仕事が終わったら死ぬものなのよ」

やがて川向こうの小学校の窓辺にとまりました。

「ぼくの仲間がたくさんいるね。あの色のついた棒はなに？　あっちの四角い紙の束《たば》はなに？」

「あの棒はクレヨンというのよ。絵を描くのに使うもので、みんなお日さまやチューリップなんかを描いているね。あっちの四角い紙は教科書といって、子供たちは教科書を読んでかしこくなるの。坊やの仲間は世界中でとってても活躍しているんだよ」

「フーン、えらいんだねえ」

小鳥おばさんは、田舎や町や、にぎやかな工場や会社を飛びまわり、めずらしい仲間に会わせてくれました。だんだんと強く、かしこくなっていく紙助《かみすけ》をみて、小鳥おばさんはとてもとてもよろこびました。

でも、小鳥おばさんはあんまり飛びすぎて疲れきって、美しかった羽根もすり切れ、飛びつづける力も弱くなっていたのです。

紙助《かみすけ》はそのことに気がつきません…。

とうとう寒い風が吹きはじめた朝、小鳥おばさんは言いました。

「坊や、どうしても見せておきたい場所があるんだよ。そこを見たら、そろそろお家に帰りましょう」

「もう帰るの？」

ぐずる紙助《かみすけ》を連れてきたところは、町外れのレンガに囲まれた大きな工場でした。窓にはぜんぶ鍵がかけられ、金網がはってあって、外からはなかが見えにくくなっています。

「おばさん、あの四角い紙にはめずらしい模様があるね。あれはなんなの？」

「あれはおさつといって、紙のお金だよ。人間がいちばん欲しがって、大事にする紙だよ」

最後に小鳥おばさんが紙助《かみすけ》を連れてきたところは、さっきとはぜんぜん違う、小さな工場でした。のぞいてみると、ガッタンガッタン、くるくる巻かれたうすっぺらな紙助《かみすけ》の仲間が次から次に飛びだして、袋に入

れられていくのが見えました。

「あれはなんだろう?」

「よくお聞きよ。あれはトイレットペーパーといって、みんなが嫌《いや》がる、くさくてきたない仕事をするんだよ。人間がお尻をふいたらそのまま捨てられて、流されてしまうんだよ…」

紙助《かみすけ》は考えこんでしまいました。

「ぼく、なにも知らなかったけど、ぼくの仲間はみんな、お仕事しているんだ。自由に動けない本や壁紙になったり、欲しいものを買うためのおさつになったり、新聞になったりして、みんな働いている。流されて捨てられて、誰もありがたいなんて思ってくれなくても、ちゃんと働いてるんだ…。

おばさん、いろいろ見せてくれて本当にありがとう。ぼくは幸せだなあ。だってお母さんがノッペラボーに生んでくれたから、自分でなりたい仕事を見つけていまから働けるんだもの。お母さん、ありがとう」

長い長い旅でした。野をこえ川をこえ、やっと家に帰ってきたときには、もう小鳥おばさんはヘトヘトで、声も出ないほど疲れきっていました。小鳥おばさんの仲間たちはみんな南の国へ帰って、小鳥おばさんのねぐらもなくなっています。赤や黄色の葉っぱがヒラヒラ舞う季節になって、虫たちの冬ごもりのおふとんになっていたのです。

さびしそうな小鳥おばさんの姿に、紙助《かみすけ》はハッと気がつきました。

「おばさん、ぼくのために…長いあいだ無理させて…ごめんなさい、本当にごめんなさい。今夜から、ぼくのおふとんでゆっくり休んでください」

紙助《かみすけ》は泣きながら言いました。

「いいんだよ、坊や…おばさんは自分のためにやったんだから…ね、坊やが強くなって、かしこくなって、おばさんはうれしいよ…」

とても弱々しい声でした。紙助《かみすけ》は一晩中小鳥おばさんにつきっきりで看病しました。自分のことばかり考えて、小鳥おばさんに甘えすぎていた自分が恥ずかしくて情けなくて、涙が止まりませんでした。

夜が明けるころ、窓の外で大きな声がしました。

「おーい紙助《かみすけ》、またきたぞー。春がくるまでは俺の仕事だからな、吹きまくるぞー」

「北風おじさん、おねがい、小鳥おばさんが目を覚ますから静かにして…」

でも、やさしい小鳥おばさんは冷たくなって、二度と目を開けませんでした。泣いて泣いて、涙でグショグショになった紙助《かみすけ》を見て、北風おじさんはびっくりして聞きました。

「紙助《かみすけ》、おまえいつからシワだらけのおじいさんになったんだ？」

「小鳥おばさんにつれられて、ぼく、長いあいだ旅行してたんだ。おばさん、お母さんみたいにやさしかったんだよ。弱虫だったぼくを、強くてかしこい紙に育ててくれたんだ。おばさんにもう一度、ありがとうって言いたかったのに…」

「そうだったのか。おまえ、がんばったんだな…小鳥おばさんも喜んでくれているさ、泣くな！　紙助《かみすけ》！」

そのとき、部屋中がパーッと明るくなって、やさしい目をした金色の

小鳥が、紙助《かみすけ》のまわりを二、三度飛びまわり、高い山の頂上めざして、
キラキラ飛んでいきました。

なんにも仙人となんでも仙人

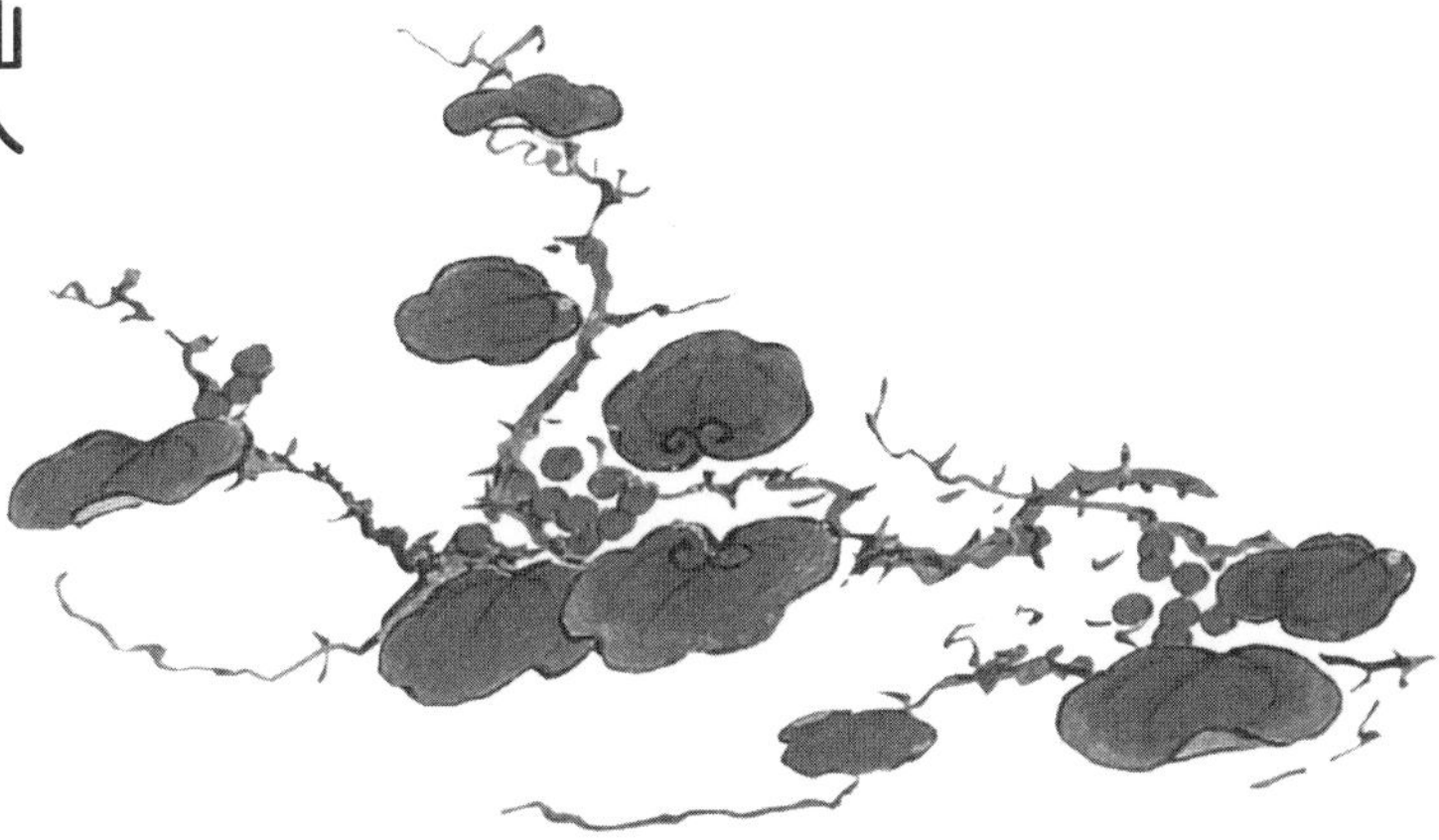

高い高い山また山の山奥に、ひとりの若い仙人が住んでいました。

「俺《おれ》さまは世界一の仙人になってみせるぞ。他人にできないことでも、なんでもできる仙人になるぞ」

今日も朝はやくから滝の水に打たれて三時間、木にぶら下がって四時間、逆立ちしたままで五時間。一日中苦しい修行をして、やっと夕方、ほら穴の家に帰ってきました。

仙人は山奥で暮らしはじめて十年たっていたので、いまでは動物や小鳥の言葉もわかるようになっています。猿に言いつけて集めさせた小枝でたき火をはじめ、

「どうだモン吉、俺《おれ》さまは雲を呼ぶ術もおぼえたのだぞ。なんでもやってできないことはないのだ。今日からは俺《おれ》さまのことを『なんでも仙人』と呼ぶのだぞ」

こんなふうに、猿に向かって自慢話をはじめるのでした。

お日さまが半分山の向こうに沈みかけて、お空が赤くそまるころ、お

日さまに見とれていたなんでも仙人の耳に、人間の声が聞こえてきました。山の下のほうからのんびりした歌声が響いてきます。

「こんな山奥に、いまごろ登ってくるやつはだれだ？　ひょっとすると俺《おれ》さまの術を盗みにきたのかもしれんわい」

なんでも仙人は、大急ぎでほら穴のなかに入り、術の書いてあるだいじな巻物《まきもの》をかくしました。

「こんな山にも花が咲き、こんな山にも鳥うたう。空気は澄んで水清く、お日さま西へまたあした、自然の恵みはありがたや、ありがたや、ありがたや」

やがて歌いながら登ってきたのは、ボロボロの衣に曲がりくねった杖をついたおじいさんでした。

なんでも仙人が座っている平岩の前までくると、おじいさんはニコニコして言いました。

「こんな山奥で仙人に会うとは思ってもおらんかったなあ。わしはな、なまけものの老人で、『なんにも仙人』と申す。今夜ひとばん、このほら穴で眠らせてくれんかのう。お頼み申す」

なんでも仙人は心のなかで思いました。

『なんにもしないと言いながら、巻物《まきもの》を盗みにきたのかもしれぬ。油断《ゆだん》はできんわい』

そこで、次のように返事をしました。

「俺《おれ》さまの名は『なんでも仙人』だ。十年、この山奥で修行しておる。ほら穴はせまいゆえ、この岩の上で休んでいくといいだろう」

「いやいや、かたじけない、ありがたい。この岩の上で月を眺めながら語り明かすこととしようかのう」

ふたりの仙人は、平岩の上でたき火を囲んで話しはじめました。猿以外に話し相手のいなかったなんでも仙人は、いつものように自分の術の自慢話をはじめます。その話をニコニコ聞いていたなんにも仙人は言いました。

「それはそれは、ご苦労なことじゃのう。わしはなんにもしないで、自然まかせが好きでのう、逆立ちして地球をかかえることなんぞようせん

わい」

やがて、なんにも仙人はたき火のそばで、ウトウトと眠りはじめました。なんでも仙人はこっそりとほら穴に戻って考えます。

『俺《おれ》さまが寝ているあいだに巻物《まきもの》を盗まれるかもしれん。さーて、どうしたものかな。…そうだ、あの仙人が目を覚ますまで、巻物《まきもの》を持って雲の上から見張ることにしよう』

なんでも仙人はだいじな巻物《まきもの》をふところに入れ、雲を呼んでポンと飛び乗りました。はるか下を見ると、丸い地球がどんどん動いてまわっています。

ところが、地球を見ていても、なんでも仙人は、ほら穴の前で寝ているなんにも仙人のことが気になってしかたありません。次々と流れてくる雲に乗りながら、地球と同じように、一晩中空の上をまわりました。

たき火もない空の上は、とてもとても風が強くて寒いのです。しっかりと巻物《まきもの》を抱きしめて震えていたなんでも仙人は、東の空が明るくなりはじめたころ、大きなくしゃみをしてしまいました。

「ハッハッハッ…ハックション！」

「ありゃ、なんでも仙人、雲になんぞ乗ってなにをしてるんじゃ」

「いやいや、なんでもない、俺《おれ》さまは雲に乗って地球をひとまわりして、いま帰りついたところなんだ。俺《おれ》さまの術はたいしたものだろう。ハッハッハッ…ハックション！」

「やれやれ、なんとご苦労なことじゃ。わしはおかげであたたかいたき火の横で、ゆうゆうと寝ながら地球ごとひとまわりしたぞよ。寒い天空になんぞのぼらんでもな、ハッハッハ」

その言葉を聞いたとたん、頭に血がのぼったなんでも仙人は、思わず足をふみはずして谷底深く落ちてしまいました。

「ああ、やれやれ、かわいそうなことをしたわい。また一から出なおしなされや」

なんにも仙人は、たき火を消して、歌をうたいながら次の山へ旅していきました。

「ありがたや、ありがたや。たき火ポカポカありがたや、お日さまポカ

ポカありがたや、寝ながらぐるりとひとまわり、ありがたや、ありがたや…」

退屈《たいくつ》な神さまの話

ある星に退屈《たいくつ》な神さまが住んでいました。

神さまは宝物の「立体鏡」を見ながらつぶやきます。

「なにか仕事はないかな？　おもしろい仕事は」

神さまはポケットから一枚の写真を取り出し、そのなかからひとりの人間をひょいとつまみ出して、立体鏡の前でフーッとふくらませました。

あっというまにマネキン人形のできあがりです。できばえは上々。神さまは、しばらくながめて喜んでいましたが、なんだかだんだんものたりなくなってきました。

「なにかさびしいな、もう一体相手をつくってやろうかな」

同じようにひとりをつまみ出してフーッとふくらませると、写真のなかからまた人形ができました。神さまはふたりを並べて楽しんでいます。

「ウーン、よくできたぞ。でも、動けないのではおもしろくない。魂を入れてみようかな？」

神さまはふたりの胸に向かって、「歩け」と念じてエネルギーを送ります。すると人形たちは、そろってまっすぐに歩きはじめました。

「うんうん、同じように歩くだけではだめだな。別々の方向に歩かせてみよう」

ひとりは北に向かって、ひとりは東に向かって歩きだしました。

「やれやれ、これでよし」

退屈《たいくつ》な神さまがホッと一息ついたとき、突然後ろから、「ガチャーン！」とひどい音がしました。びっくりしてふりかえると、十字路で人形が衝突《しょうとつ》してふたりとも倒れています。

神さまは頭をかかえてしまいました。

「平たい写真から人形に、ただの人形から動く人形に…そうだ、自分たちで行きたいところに行けるように、『自由』を吹き込んでやるとしよう」

神さまから自由に行動できるエネルギーをもらったふたりは、好き勝手に歩きまわり走りまわるようになりました。

ところが、満足した神さまがお部屋でいっぷくしようとすると、「ドタン、バタン」と、そうぞうしい音が聞こえます。

びっくりした神さまがふたりを見にいくと、ふたりは取っ組み合いの大ゲンカをしているではありませんか。

「やれやれ、なんてバカなのだろう。せっかく自由をあたえたのに、もう争いはじめたとは…情けない」

また神さまは考えこんでしまいました。自由を与えるだけではだめなのです。もっとなにかが必要です。

退屈《たいくつ》していた神さまは急にいそがしくなりました。

「そうだ、『性』を与え、『個性』を持たせ、『責任』を持たせよう」

神さまは人間の魂をつくるのに大いそがし。

大自然に流れる光を立体鏡にうつして『法』をつくり、毎日毎日一生けん命に働きました。人間たちは光をたくさんいただき、子孫をふやし、個性を発揮《はっき》して、平和なユートピアの花園をつくりあげていきました。

その姿に満足し、また退屈《たいくつ》してきた神さまは、旅に出ることを決めました。

大きなリュックサックを出して、宝物をつめこんでいきます
光の素《もと》、知恵の素《もと》、愛の素《もと》、勇気の素《もと》、希望の素《もと》、進化発展の素《もと》…た

くさんたくさんつめこみました。右のポケットには幸福な人の写真、左のポケットには不幸な人の写真を入れ、大事な立体鏡は両手でしっかりかかえて持ちました。

そして、警察や、軍隊や、監獄《かんごく》や病院がある新しい困った星を探して、はるかな銀河へ旅立っていきました。

平べったい人型から、神々しい光り輝く人間をつくるまで、忙しくて退屈《たいくつ》しなかった神さま、今度はどの星で働いているのでしょうか。

だれか、退屈《たいくつ》な神さまを見かけたら、この地球にも立ち寄ってくださるようにたのんでくださいね…。

五味の木カクテル

高い高いお山がありました。てっぺんは雲のなかで見えません。山のとちゅうには崖《がけ》があって、崖《がけ》の上には、お宮《みや》のようなお寺のようなお城のような、ピカピカ光る御殿《ごてん》が建っています。

山からは光の滝があとからあとから流れ落ちて御殿《ごてん》の池に入り、それはそれは夢のようなお庭です。

朝日がのぼると御殿《ごてん》はキラキラまぶしくて、目もあけられないほどです。

誰が住んでいるのでしょう…。あ、扉が開きましたよ。

「ああ、気持ちのよい朝じゃ」

金の冠《かんむり》に銀の杖《つえ》、白いおひげのおじいさんが、白いガウンを着て庭に出てきました。庭のまんなかには、たくさんの実がなっている五味の木があります。金、銀、青、赤、茶色、五つの実がキラキラ輝いてクリスマスツリーみたいです。

「神さま、おはようございます、チチチッ」

小鳥さんたちがかわいいあいさつをします。

「ああ、おはよう、今日もきれいな歌声を聞かせておくれ」

庭をすぎた神さまは、池にかかる水晶の橋をわたり、高い山のてっぺんを拝みました。

金や銀のうろこをキラキラさせながら魚たちがピチピチはねてあいさつします。

「神さま、おはようございます」

池のまわりで眠っていた花たちがパッと開きました。赤、白、青、黄、紫、色とりどりの衣装を着た花の精があいさつします。

「神さま、おはようございます」

「ああ、おはよう。今日も美しく咲いて、よい香りをふりまいておくれ」

みんな楽しそうです。ここは天国なのです。誰とでも話ができて、ポカポカとあたたかく、どこもみんなキラキラ光っています。

散歩の終わった神さまは、のどが渇《かわ》いて、ジュースが飲みたくなりました。

『今日のジュースはどの果物でつくろうかな』

金のいすに座って考えます。

白さんごのテーブルの上には神さまの宝物、不思議なピラミッド型の水晶の鏡が置いてあります。その鏡のなかをジーッと見ていた神さまは、やがてポンポンと手をたたきました。

すると、肩から大きな羽根の生えた天使が五人入ってきました。

「神さま、おはようございます。今日の仕事はなんですか?」

「ああ、おはよう。今日は庭の木の実を取ってきておくれ。一の天使は金色の実を、二の天使は銀色の実を、三の天使は赤い実を、四の天使は青い実を、五の天使は茶色の実を取ってくるんじゃ。たくさん頼むよ」

「かしこまりました」

天使たちはかわいらしい手かごをもって、庭の大きな木に飛んでいきました。天使たちは楽しそうに仕事をはじめます。小鳥たちもお手伝い。そうしているうちに手かごがいっぱいになりました。

「ただいま戻りました、神さま」

「ごくろうじゃった。今日は五人で別々《べつべつ》のジュースをつくっておくれ。

種は捨ててはいかんぞ、だいじにとっておくのじゃ」

天使たちは、それぞれの実でつくったジュースをコップに入れて、テーブルにならべました。神さまはニコニコしながら言いました。

「今日はおまえたちにも味見をさせてあげよう」

喜んだ五人の天使は、自分のつくったジュースを一口飲んで叫びました。

「神さま！　甘すぎて飲めませんよー」

「神さま！　すっぱすぎて飲めませんよー」

「神さま！　辛《から》すぎて飲めませんよー」

「神さま！　苦《にが》すぎて飲めませんよー」

「神さま！　渋《しぶ》すぎて飲めませんよー」

神さまは黙ってニコニコしています。天使たちは困り顔。

「神さま、もう一度おいしい実を取ってきましょうか？」

「いやいや、それでよいのじゃ。カクテルをつくればよいのじゃ」

天使たちは、大きなパンチボールにジュースを全部入れ、銀のスプーンで混《ま》ぜました。あっという間にミックスジュースのできあがりです。

「おお、できた、できた。さあ、おまえたちもおあがり」

天使たちがこわごわひと口飲んでみますと、おいしいのなんのって、まろやかな味で、みんなおかわりして飲みました。

そのようすを見ていた神さまが、静かに水晶の鏡を出しました。

「おまえたち、この鏡をのぞいてごらん」

五人の天使が見たのは、鏡のなかいっぱいの黒い雲。そのなかで、赤い国、白い国、青い国、黄色の国、茶色の国が、隣の国に攻め入って戦争しています。お互いに自分の国に足りないものを取り合いしているのです。なかよくわけあえばいいのに。

「神さま、今日の仕事はなにをすればいいのか、よくわかりました。さあ、さっきの種を粉にして混ぜよう。五味の木の土もいっしょに混ぜてもっていこう」

「ひと働きしてきておくれ。わしも滝の光をいただいて、あの国の空にまいておこう」

天使たちはそろって下界に下りて、いっぱいに種の粉をまきました。地上にもいつか五味の木がしげることでしょう。戦争したり、いじわるしたりするような国は、天国にはありません。それは、光がささない暗い地獄です。天使たちは、どの国の人も幸せになってほしい、天国に行ってほしいと思って、一生けん命働いているのです

『みなさん、天国に帰ってミックスジュースをごちそうになりましょうよ！』

信《しん》也《や》くんと真《まこと》くんの宇宙旅行

急に空が暗くなって、遠くでゴロゴロ、雷が鳴りはじめました。仲よしの信也《しんや》くんと真《まこと》くんは、夕立がくる前に帰ろうと、急いでランドセルを背負って校門を出ようとしました。

そのとき、「ピカピカッ、ドシーン！」と、とてつもない音がして、ふたりは思わず抱き合って目を閉じました。雷が落ちたのでしょうか？いいえ、そのときからふたりは、世にも珍しい体験をすることになったのです。

おそるおそる目を開けてみると、ふたりの前に立っていたのは…なんと銀色の服を着た、目の大きな宇宙人です。

「驚かせてごめん、雷からエネルギーをもらったときの音がちょっと大きすぎたみたいだ」

やさしそうな宇宙人がふたりにあいさつしたとき、ちょうど校舎から先生が急ぎ足で出てきました。ふたりはとっさに宇宙人を隠《かく》そうとしましたが、そのときにはもう宇宙人の姿は見えなくなっていました。

「よかった、先生たちに見つかったら、理科室の標本にされちゃうよね」

ふたりは顔を見あわせて笑います。

そして、もういちど目の前を見ると、なんと、さっき姿を消した宇宙人が目の前にいて、ニコニコ笑っています。ふたりはおどろいて、また顔を見あわせました。

「見つかったら、きっと日本中のマスコミが聞きつけて大騒ぎになるところだ。助かったよ。驚かせたり、助けてもらったり、すまないね」

ふたりは心のなかで同じことを考えました。

『どうして、僕たちの考えることがわかったり、日本語がしゃべれるんだろう?』

「ハハハハ、僕らはいろいろな星の人間のことをよく研究しているからね。知らないことはないんだよ。かえって君たちの方が宇宙のことを知らなさすぎるんだ。僕らは人間の心のなかまでわかってるよ」

それを聞いたふたりは、このチャンスを逃すまいと、やつぎばやに質問をはじめました。

「ねえ、君の住んでる星はどこ?」

「ＵＦＯはどこにあるの？」

宇宙人はしばらく考えて、こう言いました。

「うん…、それなら、君たちをＵＦＯに招待しようか」

「エッ！　本当？」

それを聞いて、ふたりが考えたのは今度は別のことです。

信也《しんや》くんは、

『遠くの星に行ったら、明日の朝ごはんまでに帰ってこられるかなあ』

真《まこと》くんは、

『ママに見つかって、怒られたりしないかなあ』

ふたりの心を読み取った宇宙人は、ちょっと笑って言いました。

「だいじょうぶだよ。僕が責任をもって誰にも見つからないように、朝ごはんまでに帰してあげるから。でも、宿題はすませておいてね」

「そうかあ。ふたりいっしょに行けば怖《こわ》くないね」

「行こう、行こう！」

ふたりの冒険心に火がつきました。

「では今晩、八時に、神社の大鳥居《おおとりい》の下で待っててね」

信也《しんや》くんと真《まこと》くんは、このことをふたりの秘密にして家に帰りました。生まれてはじめての大冒険にワクワク、ドキドキ。ふたりは宿題もそこそこに、信也《しんや》くんはチョコレートやガムやジュース、真《まこと》くんはノートや鉛筆や望遠鏡をもって、それぞれ相手の家でいっしょに勉強するふりをして、神社をめざして夜道を急ぎました。

「ねえ、真《まこ》ちゃん、さっきの宇宙人、本当に来るかなあ」

「きっと来るよ。それに君といっしょだし、だいじょうぶさ」

高い鳥居《とりい》のうえに立って、笑っている姿が見えました。まさしく昼間見た、あの宇宙人です。

「ハッハッハ、早く行こう！　ＵＦＯはあの木の茂みに止まってるんだ。地面におろすからすばやく乗ってくれよ。いちど飛び立ったら地上からは見えなくなるしくみなんだ」

ふっと鳥居から宇宙人が見えなくなったと思ったら、次の瞬間にはもうふたりの前に小型のＵＦＯが止まっています。

「さあ、乗った乗った。人が来るまえに、はやくはやく」

信也《しんや》くんも真《まこと》くんも、いろいろと考えたり心配するひまもなく、UFOに乗りこみました。UFOはふわりと音もなく飛び立って、地面をはなれるとすぐ見えなくなってしまいました。

UFOに乗りこんだふたりは、キョロキョロとめずらしげにまわりを見回しています。

『思っていたより、UFOってせまいんだなあ』

心のなかでそんなことを考えると、すぐに宇宙人が返事をします。

「ぜいたく言うなよ。小さくても速いんだぞ。それに、三人乗りのUFOなんて、どこの基地にもあまり置いてないんだ」

「基地？　どこに基地があるの？」

「月の裏側さ。地球からは見えないようになっている」

「ふうん…ねえ、君の名前を教えてよ。年はいくつなの？」

「ねえ君、もう夕飯すんだの？　まだなら僕、チョコレート持ってるよ」

「ありがとう。本当の名前は…君たちは宇宙語をしゃべれないから、聞いてもわからないだろうな。『チビＥＴ』でいいよ。それに、僕たち宇宙人は、一日に三食食べるわけじゃないんだ」

「そうかあ…せっかくノートを持ってきたのに日本語で『チビ』か…残念だなあ」

「チビでもきっと、年は何万歳とかなんでしょう?」

チビくんはちょっと笑って言います。

「宇宙は進化の連続だよ。年はあんまり関係ないんだ。生まれた星で学び、また違う星に生まれて新しいことを学び、経験し、一次元ずつ神さまに近づくんだ。これを輪廻転生というんだよ。でも、思考や行動しだいで、魂のレベルが下がったら、進化できずに死んだあとまで苦しんでしまう…。すべての生命は神さまにつくられていて、みんな神さまのもとに向かって進化している。だから、努力しないといけないんだよ」

なんだかむずかしい話です。それに、死んだあとまで苦しんでしまうなんて…。ふたりはそろって大きなため息をつきました。

「僕の星は地球よりだいぶ進化しているから、君たちと姿はちがうけど、精神的にはずっと進んでるつもりだよ。僕はどこの星の人とも仲よしなんだ。宇宙は広いから、不幸な星もたくさんある。この太陽系にも、まだ戦争なんかしている地球みたいな星もあるし、野蛮人《やばんじん》がおさめている悲惨《ひさん》な星もある。君たちが見たらぞっとするような星もさ。人間がバーベキューになったり…」

ふたりは思わず悲鳴をあげました。チビくんはやさしい顔になって、言葉を続けます。

「そんなのとは反対に、遅れている星を助けたり教えたりするところもあるよ。じつはぼくもその一員なのさ。精神の高い星があつまってつくる、『宇宙連合』に加入しているんだよ。なにか発明したり、発見したりすると、全員に知らせて共有するから、進化のスピードもずっとはやいんだ」

「ふうん。ひとりじめしたり、秘密にしたりしないんだね」

「それなら、いじめなんかもないってこと?」

「あたりまえだろ。なんでも、神さまからいただいた資源なんだから。『エゴ』はいちばんの罪だよ。…ところで君たち、どこか行きたいところはある？」

信也《しんや》くんはすぐに言いました。

「僕、金がたくさん取れる星に行ってみたい」

「よし、すこし遠いけど行こう」


やがて、目の前にキラキラ光る星が見えてきました。すいこまれるように静かに山の影に着陸したUFOから、ふたりが急いでおりようとすると、チビくんがあわててふたりを止めました。

「待って、まずそこにある宇宙服を着るんだよ。胸のボタンで酸素が出るから、うまく調節するんだ。わからないときは頭についてるボタンを左から右にまわすと指示が聞こえる。自己責任で、酸欠にならないようによく気をつけるんだよ」

こうしてふたりはいよいよ、金の星を見学することになりました。窓から見える景色は太陽の光を浴びてすべてがキラキラして見えます。ふたりは夢心地で外に出ました。こんなにキラキラしていたら、ママのネックレスやパパの腕時計も色あせて見えるでしょう。

木には金の実がなっているし、草花はみんな花びらが金でできていて、家の屋根も壁も金でピカピカ光っています。

「ねえ、チビくん、ここでは食べものも金なの？」

「金のパンやご飯って、どんな味なのかな？」

「紅茶や牛乳も金なの？」

目をまわさんばかりのふたりの質問に、チビくんは笑い出しました。

「ここでは金を食べているわけじゃないんだ。食べものは他の星から買っているのさ。本当はこの星でもちゃんと食べものがつくれるはずなのに、買うほうが楽だし、しかもこんなに金があるだろう。買い放題《ほうだい》だから、だれも食べものをつくろうとしないのさ。でも、こんなにたくさん金があっても、それは無限じゃないから、いつか金はなくなってしまうだろうね。この星の人は上品でやさしいけど、『希少価値《きしょうかち》』とか『欲望』について目覚めれば、もう一ランク進化できるんだけどなあ」

「なんだか地球に似てるね。地球でも、いろんなところから食べものを買って、ぜいたくしている国があるもの」

「さあ、次の星に行こう」

UFOは金の星を飛び立ちました。宇宙に出ると、信也《しんや》くんと真《まこと》くんの目に、真っ赤で大きな星がとびこんできました。どうしてこんなに赤いんだろう？

ふたりは、ちょっとこの星に寄ってみたいな、と思いました。するとチビくんが急に暗い顔になってふたりに言います。

「あの赤い星かい…。あそこは危険でとても着陸できないよ。何百年も戦争が続いているんだ、危《あぶ》ないよ」

「じゃあ、その後ろにある緑色の大きな星につれて行ってよ」

緑の星にはすぐに到着しました。でも、ふたりは飛び出していってすぐに、悲鳴をあげて逃げてきてしまいました。

「ワーッ、大変だ、助けてえ！」

そんなふたりを見ても、チビくんはただクスクス笑っています。ふたりの逃げてくるようすが、チビくんにはおかしくてたまりません。

ふたりの後ろからは、身長がゆうに五メートルはある巨人がニコニコ笑いながらなにか話しかけています。逃げてくるふたりは、後ろの巨人とくらべるとアリみたいに小さいのです。チビくんは巨人の前に出て、なにやら話をはじめました。信也《しんや》くんも真《まこと》くんも、ハラハラ、ドキドキ。ガリバー旅行記を思い出しながら、こわごわながめています。

「この星の人たちはとてもお人よしなのに、どうして逃げたんだい？」

「だって…」

「まあ、言葉が通じないからなあ、無理もないか。ふたりによろしくって言っていたよ」

チビくんは、ふたりをおどかしてしまったので、今度は喜ばせようと、紫の星につれていってくれました。紫の星は外宇宙にあって、たどりつくまでにすこし時間がかかります。太陽系からはなれて、銀河系の軌道にうつり、やがて着陸したのは、高い高い階段のてっぺんでした。

三人はそろって外に出ました。すると、冠《かんむり》をかぶった王様らしい人が、立派ないすに腰かけて、にこやかに手招きしています。チビくんが王様の前にひざまづいてうやうやしく礼をしたので、信也《しんや》くんも真《まこと》くんも、見よう見まねでおじぎしました。

「遠い地球星からよく来てくれた。好きなごちそうを食べて、ゆっくり遊んでおいきなさい」

これを聞いた信也《しんや》くんと真《まこと》くんは大よろこび。王様にお礼を言って、さっそく階段をおりはじめましたが、どこまで行ってもごちそうらしきものは見えません。ふたりは狐につままれたような顔をしてチビくんを見ました。

チビくんはやっぱり笑いをこらえています。

「フフフ、この星はイメージでもてなしをするところなんだよ。いいかい、自分の食べたいものをイメージしながら階段を八段おりてごらん」

ふたりはいわれるままに目をつむり、ジッとごちそうをイメージしはじめました。すると、急においしい匂いがあたりにただよいはじめたのです。階段をおりるたびにつぎつぎとおいしいイメージが湧いてきます。

信也《しんや》くんは丼《どんぶり》いっぱいのご飯と、大盛りの焼肉を食べています。真《まこと》くんは、こんがり焼いたトーストに紅茶、生ハムにサラダ、デザートにグレープフルーツまで食べています。

チビくんは興味深くふたりの口のあたりを見ています。地球人の食事するようすを観察しているようです。

「君たち、お腹をこわさないようにね。でも、不思議だろ。こうして自分の好きな味が食べられるんだから。地球では、目の前に本物がないと食べられないけれど、この星では、イメージしただけでその食べものがお腹に入ってくるんだ。すごいだろ？　ね、すこし野原で遊んでいこうか」

すっかり満腹したふたりがチビくんの後についていくと、赤や黄色や白、黒、紫、茶色、ありとあらゆる色で美しく着飾った人たちが、それぞれに犬や猫を抱いて、散歩したり、日光浴をしたりして楽しんでいました。

信也《しんや》くんも真《まこと》くんも、めずらしいクリーム色の猫や、紫と白の縞《しま》もようの犬と遊んで、草のうえを思うぞんぶんころげまわります。動物たちの不思議な色は、ペンキなんかつかっていない、生まれたままの色なのです。

「こんな色の犬、見たことないよ」

「家につれて帰りたいなあ」

「色ばっかりでおどろいちゃいけないよ、あれを見てごらん」

チビくんが指さす方を見て、ふたりはまたびっくり。犬が人間みたいに立って歩いています。それも、一匹ではなく何匹も何匹も。ふたりはぽかんと口を開けたまま、あっけにとられてしまいました。

チビくんの説明によると、あの犬たちは、いいことばかりをしてきた犬で、あわせて五百匹いて、今度生まれるときにはその五百の魂がひとつになって、ひとりの人間になって生まれてくるのだそうです。人間に生まれてくるためには、とっても努力をしなくてはいけないんですね。

信也《しんや》くんも真《まこと》くんも、犬たちが努力をしている姿を見て、おどろいたり反省したり感心したり、急に、地球にいるパパやママの顔がなつかしくなってきました。

　ふたりの心を読みとったチビくんが言いました。

「地球はいま、真夜中だよ。最後に、美しい僕の故郷を見せてあげる」

　ＵＦＯは、紫の星の、夜明けの美しいオレンジ色の雲を通りぬけ、青い星の山のうえにおり立ちました。すこし地球に似ている、どこかなつかしい星です。

　広い空を見あげると、空の色はつぎつぎに変化して、どこにも同じ色がないのです。その美しいこと！

「チビくん、ここが君の自慢《じまん》の故郷なんだね。きれいな空、空気もおいしいし、ここにくらべたら、地球なんか汚れたゴミ箱のなかみたいだ」

「うん、うらやましいなあ」

　でも、ふたりの言葉を聞いているチビくんは、ちっともうれしそうではありません。はるか遠い下のほうに見える黒い点を見つめながら、悲しそうにしています。ふたりは、チビくんの肩に手を置きました。

「チビくんでも悲しいことがあるの？」

「…宇宙の歴史って、進化するばっかりじゃないんだ。君たちの住む地球星は、何億年も前はもっともっと、この星よりきれいな星だったんだよ。でも、科学が発達しすぎて大切な「心」を忘れ、核は戦争に使われるようになって、人々は戦争ばかりして、とうとうポールシフトが起きて、地球は爆発し、ばらばらの燃えかすのかたまりになってしまったんだ…。

まっくらな草も生えない土のうえで、生き残った人類はもういちど文明をつくったけど、結果はまた同じ…。こんなことが、もう六回もおこっているんだよ。僕は、あの黒い小惑星を見ていると、悲しくてたまらないんだ。君たちはきっと、先祖のようにはならないで、地球が、あたたかい、美しい星になるように努力しておくれね。

さあ、努力したらどんな星になるのか、見に行こう」

いつもの明るさを取り戻したチビくんを先頭に山をおりると、ふたりは急に忙しくなりました。地球からきた友達として、たくさんの人たちから握手を求められ、いろんな人たちがふたりとあいさつしたがったからです。

チビくんの故郷では、だれもがみんな、ごく自然に、まるでとなりに住んでいる人のように、親しげにふるまいます。車は空中を走っていて、誰かが協同駐車場に車を止めると、違う誰かがやってきてその車に乗って走っていきます。止まっている車はいつでもだれでも、自由に使っていいのです。

お店を見ると、どれにもみんなハート型の看板がついています。

「これは、自由に持って帰っていいっていうしるしさ」

信也《しんや》くんと真《まこと》くんは同時に叫びました。

「お金、はらわなくてもいいの?」

「もちろん。みんな、自分が楽しみでつくっているんだよ。野菜も服もなんでも、使ってあげるほうが喜ばれるんだ。この星では、みんな家族と同じだし、なんでも必要なとき、必要なものが手に入るんだよ。感謝の気持ちがお金のかわりで、他人の役に立って、喜ぶ顔を見ることがうれしいんだ」

地球とは大違いです。でも、ふたりにはわからないこともありました。

「仕事ができない人はどうするの？」

「たとえば、年をとった人は？」

「お年よりはとても敬われているよ。よい知恵をたくさん持っているし、他の人の幸せを祈る時間もたっぷりあるしね。言ったろ？　感謝がお金だって。感謝の生活をしているから困ることはないんだ」

「でも最後はやっぱり死んじゃうんでしょう？」

「そうだよ、お葬式はしないの？」

「この星では、死ぬとは言わないんだ。魂は、役目を終えたらその瞬間に光になって、高次元の星に行き、そこでまた生きるんだよ。残った体は元素となって宇宙に消えていくんだ」

チビくんは川のほとりでふと足を止めました。

「ごらんよ、ここは光の川だよ。向こう岸にたくさん女の人がいるだろ。そしてこっちには男の人。みんな結婚相手を探しに来ているんだ。川をへだてて、自分にピッタリの好きでたまらない異性がいたら、その人に向けて愛の光線をなげかける。それを受けた異性もいっしょになりたいと思ったら、光の川へ入っていくんだ。愛の光がふたりを包むと、両岸にいた人たちが祝ってくれる。子供も、あの川の光のなかで誕生するんだよ。両親の愛のエネルギーを受けて、大勢の人々の祝福のなかで生まれるのさ」

「ふうん、人間って、つまり光なんだね」

「だから、偉くなると後光がさすようになるんだな」

「チビくんのパパはなにをしてる人なの？」

「パパの仕事は、宇宙の環境の見まわりだよ。僕もその手伝いをしてる。ママは編《あ》みものが好きだから、いまはとなりのおじいさんのひざ掛けを編《あ》んでいるんだ」

「そうか、誰でも自分以外の人のために働いているんだね。お金もうけのためじゃないんだ…」

「地球もお金がなくなれば、もっと平和になるかなあ」

チビくんは最後に、ふたりを小高い丘の上に連れてきました。そこは美しい星のなかでもいっそう空気の澄んだ、静かでおごそかな場所でした。紫色の丸い屋根の家がぽつんと一軒建っています。これは誰の家なんだろう？

「ここは、地球でいうと学校のような、教会のような、神聖なところだよ。自分のおこないを反省して心をきれいにするために瞑想《めいそう》する場所なんだ。ここで祈って、インスピレーションをもらう人もいるよ。地球に帰るまえに、ここで宇宙の平和を祈っていこう」

信也《しんや》くんも真《まこと》くんも、知らずに膝《ひざ》をついて、静かに祈っていました。なぜかわからない感激の涙がふたりのほほをぬらし、声なき声が胸いっぱいに響いていたのです。

三人は祈りのあと、静かに丘をあとにしました。

「僕たち、とても幸せだなあ。宇宙のことをたくさん勉強したし、チビくんにあえてよかった」

「僕も幸せだよ。でも、今日のこと、誰にでもしゃべってはいけないよ。

地球が悪くなるのを待っている悪い宇宙人や、地球人を奴隷《どれい》にしたいと思っている星もあるんだ。どうか、平和への道を歩んでくれることを願ってるよ」

チビくんの目に涙が光っていました。空はすこし明るくなりかけています。

「おわかれはつらいけど、もうすぐ地球は夜が明ける。家まで送るよ」

三人とも、じっと黙ってそれぞれの思い出、感動を胸に抱いていました。やがてうす明るくなりはじめた神社につくと、信也《しんや》くんと真《まこと》くんは宇宙服をきちんとたたんでチビくんにお礼を言いました。あとからあとから、涙があふれてきます。

ＵＦＯはすぐ飛び立って、音さえ聞こえないまま行ってしまいました。

ふたりは、そっと家に帰って、それぞれ布団のなかで今日のことを考えました。あれは夢だったのでしょうか。でもポケットには、旅に出る前に詰め込んだお菓子がまだ入っています。ふたりは、今日のことを忘れずに、きっと良い人間になろうと心に決めたのでした。

チビくんは、空の上でふたりを見つめながら、地球の未来について考えていました。未来の人類が住むためにつくられている、新しい地球のこと…美しい新地球星…あのふたりは新しい星に住むことになるのでしょうか。

でもきっと、チビくんと旅したふたりの男の子は、地球を美しく変えることができるでしょう。そうなってくれたらいいなと、チビくんはそっと祈りました。

はたして人類はいまの地球に住みつづけることができるでしょうか。それとも宇宙の地図は変わってしまうのでしょうか。地球がフォトンベルトに入ったとき、夢の千年王国に住める人はいったいどのくらいなのでしょう。

そんなことを考えているチビくんの乗ったＵＦＯは、誰にも知られないまま、静かに宇宙に飛び立っていきました。

ママのおみやげ

「わかちゃんは、亡くなったおばあちゃんにそっくりだねえ」

　学校からの帰り道、近所のおばさんにこう言われたわか子ちゃんは、ランドセルをほうり出してママのところに走っていきました。

「ねえ、ママ、わか子、おばあちゃんに会いたいなあ。でも、おばあちゃんはわか子が赤ちゃんのときに死んじゃったから、わか子の顔を知らないよね。天国は広いから迷子になるかもしれないし、やっぱりだめかなあ」

　ママはわか子ちゃんをお膝にのせて、ニコニコ顔で言いました。

「だいじょうぶよ。ママがおみやげつくってあげるから。それがあればすぐわかるから、安心していってらっしゃい」

　その晩、わか子ちゃんはママからもらった赤いバスケットを持って、『天国行』の汽車にのりました。ちょっぴり心配です。

「わかちゃん、このバスケットのなかにおみやげを入れたからね、とちゅうで開けちゃだめよ。おばあちゃんによろしくね」

　汽車はゆっくり走り出しました。

窓からながめていると、お家の赤い屋根も、学校の青い屋根もどんどん小さくなっていきます。汽車のなかは、大きなふろしき包みを持ったおばさんや、重そうなリュックを背負ったおじさんや、大勢の人でいっぱいです。

しばらく行くと暗いトンネルに入りました。

なかなかトンネルが終わらないので、わか子ちゃんはだんだん心細くなってきました。

「おばあちゃんのこと、写真でしか見たことないけど、ママのお母さんだからママに似てるのかなあ。すぐ会えるといいけど…」

やっとトンネルを出てまもなく、大きな河にかかる鉄橋を渡りました。汽車が山道にさしかかったとき、ガタン、ガタン、ガタガタガタ、と大きな音がして、汽車が山のとちゅうで止まってしまいました。線路の両側は深い深い谷です。

大変なことになってしまいました。わか子ちゃんは泣きそうです。まわりのおじさんたちの怒鳴り声がします。

「みなさま、お急ぎのところ申しわけありませんが、みなさまの荷物が重すぎて汽車が動きません。お手持ちの荷物を谷に捨ててくださーい」

車掌《しゃしょう》さんは一生けん命放送していますが、誰もいうことをききません。

みんなブツブツ文句ばっかり言っているのです。

そうしているうちに、谷底から黒い雲がモクモクのぼってきました。

山の上からは白い雲がフワフワおりてきます。

そのとき、隅《すみ》のほうで居眠りしていた白いヒゲのおじいさんが目を覚まして言いました。

「もう『未来駅』に着くころじゃないのかい？　ありゃ、なにを騒いどるんだ。この汽車は『天国行』だぞ。重い荷物は捨てた、捨てた。軽くならにゃあ、動き出さんぞ」

みんな、おじいさんに言われてしかたなく、荷物を窓から捨てました。

わか子ちゃんも、だいじなだいじなバスケットを窓の外に投げました。

おやおや、よく見ると、みんなの荷物は谷底にすいこまれていくのに、わか子ちゃんのおみやげだけは白い雲のなかにすいこまれて、高くのぼ

っていきました。

ガタン、ガタンと汽車が動き出します。

わか子ちゃんはシクシク泣き出してしまいました。

「だいじょうぶだよ。おみやげはもう天国に届いているはずじゃ。泣くな、泣くな」

おじいさんは頭をなでてくれました。

「みらい駅〜、みらい駅〜、お忘れもののある方は、忘れたまま、お降りくださーい」

へんてこりんな車掌《しゃしょう》さんだな、と笑いながら降りたわか子ちゃんは、急に、うっとりとなつかしい気持ちになりました。

なぜだろう…。あたりを見まわしてみると、銀色のベンチに腰かけたおばあさんが、やさしい声で「子守唄」をうたっているのに気がついたのです。

「あっ、これ、ママがうたってくれた子守唄と同じだ。あのおばあちゃん、どうして知ってるんだろう…もしかすると…」

そのとき、おばあちゃんがふりむいて、にっこり笑いました。

「まあまあ、わか子ちゃんだね。よく来てくれたねえ、会いたかったよ。大きくなって…。おみやげ、ありがとう」

「やっぱりおばあちゃんだ。おばあちゃーん」

走り寄るわか子ちゃん。おばあちゃんにしっかり抱きしめられて、いっしょに「子守唄」をうたいました。おばあちゃんはわか子ちゃんを抱きながら、昔のことを話してくれました。

「わか子ちゃんのママが小さかったころも、こうやってだっこして、よくうたってあげたのよ」

わか子ちゃんはおばあちゃんに抱かれて、いつまでも甘えていたいな、でもママのおみやげってなんだったのかな、と考えています。

ママのおみやげって、いったいなんだったのでしょうね。

消えたイチゴ

大きな紙袋を抱えたパパは、電車を降りるとすぐに時計をみました。

「待ってるだろうな。よーし、家まで駆《か》け足だ！」

今日はわか子ちゃんのお誕生日なのです。

ママは朝から一生けん命にケーキを焼いてくれました。わか子ちゃんもお手伝いしてケーキをかざります。チョコレートのチューブで「おめでとう」と書きました。ピンクのクリームでお花かざりもできました。

最後にママが、大きなイチゴを真ん中に乗せて完成です。

「わー、おいしそう、はやく食べたいなあ」

「ただいまー」

「あっ、パパのおかえりだ。パパ、はやく、はやく、ローソクに火をつけてよ」

さあ、お誕生日パーティのはじまりです。

弟のこうちゃんも大きな声でうたいます。ローソクの炎でニコニコ顔がゆらゆら照らされています。ハッピバースデー、ツーユー、ハッピバースデー、ツーユー。

「わか子ちゃん、おめでとう！」

「ありがとう、フーッ」

わか子ちゃんがローソクの火を吹き消すと、お部屋は真っ暗になりました。みんなでパチパチパチパチ、拍手《はくしゅ》でお祝いです。

パパが電気をつけました。すると、なんだかケーキがおかしいのです。

『あっ、イチゴがない！』

よく見ると、こうちゃんのお口がモグモグ、タラタラ赤い汁まで。

みんなびっくり。大変です。

わか子ちゃんのニコニコの目がつりあがって、こうちゃんをにらんでいます。わか子ちゃんはこわーい顔になって、思わずこうちゃんに向かって手をふりあげました。でも、大きな涙がポツリ、そのままパパの膝にしがみついて、顔をふせてしまいました。肩がふるえています。

パパがやさしく背中をなでてくれました。

本当は、わか子ちゃんは大声で泣きたかったのです。

「こうちゃんのバカ、バカ、バカ！　わたしの誕生日なのに、くやしー

い！」

って、言いたかったのです。

でも、パパの大きな手はとてもあたたかくて、やっとがまんしたのです。

パパが、そんなわか子ちゃんをしっかり抱いて、大きな声で言いました。

「わか子お姉ちゃん、六歳のお誕生日、おめでとう！」

そしてこっそり小さな声で、

「よくがまんしたね。心の強い子がパパは大好きだよ」

「うん、わか子、六歳になったんだもの、こうちゃんのお姉ちゃんだもの」

わか子ちゃんはやさしいニコニコ顔。

ママが、新しいイチゴをお皿にのせて、テーブルに置きました。

「おいで、こうちゃん。お姉ちゃんにおめでとうって言おうね」

こうちゃんは、イチゴを穴の開いたケーキにのせて言いました。

「おねえちゃん、おめでとう、ごめんなさい」

パパとママもうれしそうに笑いました。

さあ、パーティです。サンドイッチに、ジュース、サラダにから揚《あ》げ、ソーセージ、たくさんたくさん、みんなおなかいっぱい食べました。

パパにもらったプレゼントの、長いお耳の兎のぬいぐるみを抱きしめて、わか子ちゃんはスヤスヤねむっています。窓からのぞいていたお星さまも、やっと安心して言いました。

「いいお誕生会だったね。おやすみなさい、わか子ちゃん、こうちゃん。いい夢をみてね」

ヨゴと山姥《やまんば》

～山口県の昔話より

今日も魚屋のヨゴは、空の車を馬に引かせて魚の買出しにでかけました。海辺までは、二里もあるさびしい山道をとおらねばなりません。

魚を車いっぱい買って、ヨゴが帰りの山道の半分まできたとき、森のなかからゴソゴソと音が聞こえました。おそろしくなったヨゴは、かまわず通りすぎようと馬をいそがせます。

ちょうどお地蔵さまの前を通りすぎるころ、ガラガラガラッと大きな音がして、出てきたのはなんと山姥《やまんば》です。目はランランとして、口は耳まで裂《さ》け、ボロの衣にボロの腰巻きを引きずっています。

「ヨゴよ、ええところでで会《お》うたな、その鯖、一匹《こん》よこせ。くれんにゃあ、われをとって呑《の》うじゃるぞよ」

山姥《やまんば》は、よだれをタラタラ流し、ニヤニヤしながら近づいてきました。

「おまえにやる魚など一匹もないわ、帰れ！」

「ヨゴよ、そんなら、おまえをとって食《く》うてやるわ！」

ヨゴはしかたなく、二、三匹の魚をできるだけ遠くに投げてやり、一目散に馬を走らせました。ペロリと魚をたいらげた山姥《やまんば》は、すぐにヨゴに追いついて魚をねだります。

山のようにあった魚はみるみるうちになくなってしまいました。

山姥《やまんば》は、ペロペロと口のまわりの血をなめながら言います。

「ヨゴやヨゴや、待たんかよ。その馬の足を一本よこせ。くれんにゃあ、われをとって呑《の》うじゃるぞよ」

ヨゴは、いまにも自分に飛びかかってきそうな山姥《やまんば》がおそろしくて、泣く泣く山刀で馬の足を一本切って、遠く遠くに投げました。山姥《やまんば》はうれしそうに馬の足をしゃぶっています。

苦しがって鳴く馬の声で、ヨゴの胸は張り裂けそうです。

やがて食べ終わった山姥《やまんば》は、また追いついてきて言いました。

「ヨゴやヨゴや、待たんかよ。その馬を置いていけ、おいていかんにゃあ、われをとって呑《の》うじゃるぞよ」

三本足の馬は、苦しがって逃げようとしますが、もう歩けません。泣く泣くヨゴは、馬を置いて走り出しました。心のなかで、ごめんよ、ごめんよ、かたきはとってやるからなと、一目散《いちもくさん》に逃げていきます。

山姥《やまんば》は暴《あば》れまわる馬を押さえつけ、耳まで裂《さ》けた口でパクパクと食べてしまいました。ヨゴは耳をふさいで必死に逃げます。かわいそうな馬を置いて、ヨゴは走って、走って、気がつくと大きな池のほとりにたどりついていました。

大きな枝を一本、池に向かって伸ばしている木があります。

「あれだ、あれだ、あそこにかくれよう」

ヨゴはするすると大木にのぼり、遠くの山姥《やまんば》のほうをながめてみました。

力つきた馬にまたがって、山姥《やまんば》がムシャムシャと馬の肉を食っているのが見えます。木の上で手をあわせ、ヨゴは馬に詫《わ》びました。このまま

山姥《やまんば》がいなくなってくれないだろうか、そう考えましたが、大腹かかえた山姥《やまんば》は血だらけの口をペロペロとなめずりながらヨゴの方へやってくるではありませんか。

ヨゴはじっと息をひそめ、ふるえています。

「はて、魚でも馬でもない、うまそうな人間のにおいがするぞ」

キョロキョロあたりを見まわし、山姥《やまんば》はとうとう池に写ったヨゴの姿を見つけました。ニタニタしながら木の上に呼びかけます。

「おお、ヨゴよ、そねえなところに居《お》ったかよ。どねえしてのぼったか、のぼりかたを教えてくれんかよ」

ヨゴはしばらく考えてから、そっと腰の刀を抜き、池に突き出た大枝を指さして言いました。

「よいか、俺《おれ》は両手でその大枝につかまってのぼったのだ。目をつぶってな」

それを聞いた山姥《やまんば》が、言われた枝につかまって目をつぶります。

「そーれ、いまだ！」

ヨゴは叫ぶがはやいか、山姥《やまんば》のつかまった枝を山刀ですっぱり切ってしまいました。魚と馬で満腹の山姥《やまんば》は、池にボッチャーン！　腹が重くて浮き上がれません。

ヨゴはアップアップおぼれている山姥《やまんば》をのこして、町の灯《あか》りをめあてに走り出しました。古い一軒屋《いっけんや》の扉をたたきましたが誰も出てきません。しかたなくヨゴはその家に隠れ、くたくたの体を囲炉裏《いろり》のそばで休めようとしました。

そんなとき、外からおかしな声が聞こえてくるで

はありませんか。

「やれ寒《さ》む、やれ寒《さ》む、ブルブルブル…今日はヨゴのやつにえれえめにおうた。生ぐさいものばかり食ったから、口直しに餅でも食って寝ようかの」

この古い家は山姥《やまんば》の家だったのです。ヨゴはとっさに天井裏《てんじょううら》にのぼって息をひそめ、ふし穴から下を見ていることにしました。

しばらく囲炉裏《いろり》で体を温めていた山姥《やまんば》は、神棚のおそなえ餅をひと重ねおろしてきて焼きはじめました。プーッとおいしそうに焼けた餅を見て、山姥《やまんば》はそわそわとひとり言を言います。

「うまそうじゃな、なにをつけて食おうかの、しょうゆをつけて食おうかの」

山姥《やまんば》がしょうゆを取りに台所に行ったのを見たヨゴは、ふし穴から先のとがった竹の棒をおろして餅

をチョン、チョン、とつついて取ってしまうと、ムシャムシャ食べました。

もどってきた山姥《やまんば》はびっくり。

「またうちのネズミはよう悪《わる》さする。もうひと重ね焼くとしょ」

やがて、またこんがりといいにおいがただよってきました。

「さて、こんどは甘みそでもつけるとしょ」

そしてまた、山姥《やまんば》がいないあいだに天井裏《てんじょううら》のヨゴがチョン、チョン、ムシャ、ムシャ、ムシャ。

「ありゃりゃあー、うちのネズミがまた悪《わる》さした。もう餅はあきらめて寝ることにしょ。どこに寝ようかの、天井裏《てんじょううら》にしようかの」

それを聞いたヨゴはあわてて、チュウ、チュウ、チュウ、ネズミのまねをしてごまかします。

「うーん、天井裏《てんじょううら》はやめとこ。ネズミに鼻でもかじられたら困るでの。久しぶりにかまどの大釜《おおがま》に入って寝るとしょ」

山姥《やまんば》は大きな釜《かま》に入ってフタを乗せると、グーグーいびきをかいて眠ってしまいました。

ヨゴは、山から大きな石を見つけてきて、フタの上に重しをすると、釜《かま》の下に小枝をポキポキ押しこんで、火打石をカチカチ、カチカチ打ちはじめました。寝ぼけた山姥《やまんば》が寝言を言います。

「カチカチ鳥がなくそうな、もちいと寝よう」

やがて小枝に火がついて、ボーッと燃えはじめます。

「ボーボー風がふくそうな、もちいと寝よう」

だんだん釜《かま》が熱《あつ》くなってきました。そこでやっと山姥《やまんば》は目を覚ましましたが、フタは重しがのっていてびくともしません。

「やれ熱《あつ》、やれ熱《あつ》、あつあつあーっ！」

せまい釜《かま》のなかで、山姥《やまんば》はとうとう丸焼き

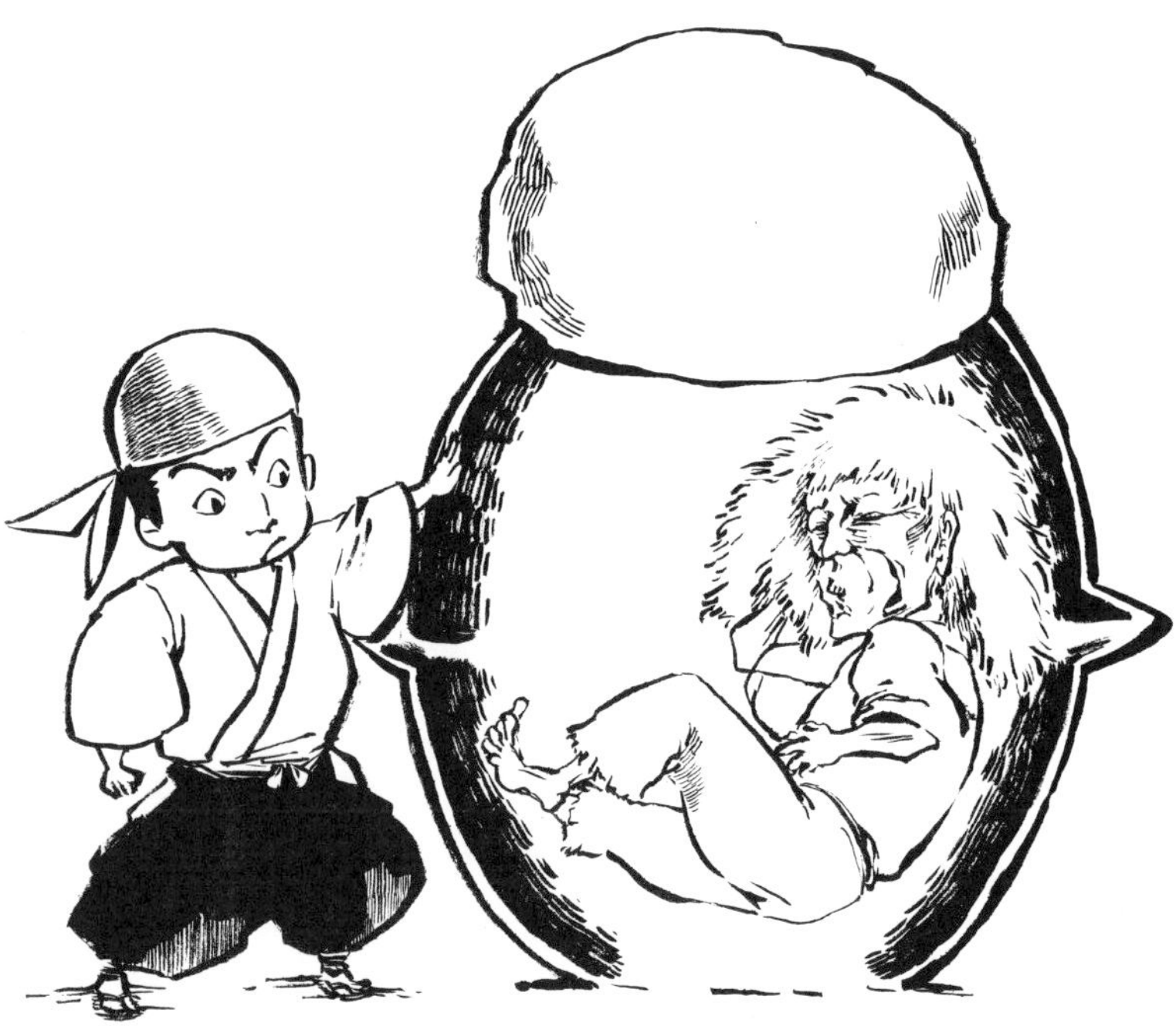

になってしまいました。

ヨゴは、重しになってくれた大石を立派に磨《みが》き、かわいそうな魚と馬のお墓をたてました。そして、自分のみがわりになってくれた魚や馬に、お墓の前で心からお礼を言ったのでした。

その後、村人は山道でおそろしい山姥《やまんば》におそわれることもなくなり、ありがたいお墓として、村人みんな、道を通るたびにそのお墓に手を合わせていくようになったということです。

チーン、カラカラカラ

〜山口県の昔話より

春うらら、山伏《やまぶし》がひとり山路《やまじ》を歩いています。

天高く春の光を浴びて、テクテク、テクテク…。

やがて山伏《やまぶし》は大きな池のほとりに出ました。ポカポカした池のほとりの陽だまりで、一匹の狐《きつね》が昼寝しています。

石を枕に若草の布団で、見るからに気持ち良さそうです。それを見ていた山伏《やまぶし》はふと悪戯心《いたずらごころ》をおこして、よせばいいのに、狐《きつね》の耳元でほら貝をふきました。

「ブーウー！」

昼寝の気持ちいい夢を破られた狐《きつね》は、もんどりうって池に落ちてしまいました。

「アー愉快《ゆかい》、愉快《ゆかい》」

山伏《やまぶし》はげらげら笑ってまた、山路《やまじ》を歩いていきました。

まもなくお日さまが雲に隠れて、あたりは暗くなってきました。足元が見えないほどの暗闇《くらやみ》で困り果てた山伏《やまぶし》は、泊めてくれそうな家を必死に探します。

やがて、ゆくてにボーッと明かりが見えてきました。ヤレヤレ、助かったぞ、と山伏《やまぶし》はその明かりをめあてにやっとその家にたどりつきました。近くで見ると、ボロボロの、傾きかけた古い家です。

「お頼み申す、お頼み申す。一夜の宿をお頼み申す」

するとと、やせてつかれはてたような女の人が出てきて言いました。

「たったいま、長患《ながわずら》いの主人が息を引き取りましたので、これから町までおりてお坊さまをつれてまいります。留守番《るすばん》がいないので困っていたところです。私が帰るまで、囲炉裏《いろり》のそばで留守番《るすばん》がてら、おやすみくださいな」

山伏《やまぶし》は留守番《るすばん》などいやでしたが、この暗さではどうしようもありません。しかたなく荷をおろして、炉辺《ろばた》にごろりと横になりました。破れた障子《しょうじ》のむこうには、死んだばかりの家の主人が横たわっているのです。まさか迷って出てこないともかぎりません。山伏《やまぶし》はビクビクして破れ障《しょう》子《じ》をみつめています。

サーッと冷たい風が吹いて、障子《しょうじ》ががたがた鳴りました。山伏《やまぶし》が見ている先で、ゆっくり一尺ほど障子《しょうじ》が開き、そしてチーンと鐘の音、それからカラカラカラと鐘底をこする音。チーン、カラカラカラ…。

音とともに障子《しょうじ》がスーッと開いて、やせた青白い顔の亡者《もうじゃ》が髪をふりみだして、チーン、カラカラ、チーン、カラカラと、よろめきながら一歩、また一歩と近づいてきます。山伏《やまぶし》は必死で囲炉裏《いろり》のなかの熱い薪《まき》を投げつけますが、亡者《もうじゃ》はかまわず、チーン、カラカラと近づくのをやめません。

とうとう土間のあがり口まで追い詰められてしまいました。

背後は土間の固《かた》い土です。チーン、カラカラカラ、亡者《もうじゃ》は冷たい手を伸ばして、山伏《やまぶし》の顔をなでようとしました。

「ヒャアー—!」

ボッチャーン! 思わずのけぞった山伏《やまぶし》は土間に転げ落ちました。

おや、落ちた先は土間でなく水のなかです。アップ、アップ、山伏《やまぶし》は必死で泳いで、亡者《もうじゃ》のほうを見ると、狐《きつね》が一匹、手をたたいて喜んでいます。まわりには家などなく、森広がる池のほとりです。

真っ暗闇《くらやみ》だったはずの空は太陽が高くのぼって、春の光がさんさんとふりそそぎ、やっと池からあがった山伏《やまぶし》を温かくつつんでいました。

あとがきにかえて

この童話集は、85歳のおばあちゃんが、動かなくなった両足のリハビリのため入院した先でこつこつと書きつづった話をまとめたものです。困難に打ちひしがれ、ひどく落ちこんだ私を病院でいろいろとお世話し、心と身体のリハビリ指導をしてくれた方々のおかげでこれまで書き続けることができました。感謝！

いま、人の心の歪《ゆが》みはあちこちに蔓延《まんえん》して、今では子供たちすら心を歪《ゆが》ませるようになってしまっています。

そうした子供たちが、この本を読んで、正しく生きることで世界がよくなっていくということや、未来に絶望したり悲観的になったりする必要はないということを理解するきっかけになってくれれば、これほどうれしいことはありません。

「ありがとう」の一言を忘れずに。

地球が生まれ変わろうとしているとき、人間が新たに目覚めようとしているこのときに、大切な子供たちにむけてメッセージをつたえることができたことに感謝します。

また、稚拙な文章をまとめてくださったたま出版の皆さま、素晴らしいイラストを描いてくださったお二方に、心よりお礼申し上げます。

最後に、家族も含めて、私の老後をあたたかく大きな愛で支えて下さる介護支援の方々に深く感謝致します。

御田慶子

著者プロフィール

御田慶子（みた よしこ）

大正11年（1922年）、東京生まれ。宝仙短大保育科卒業。

昭和21年（1946年）、代々神職にある家系、御田家に嫁ぐ。太宰府天満宮幼稚園をはじめ、数多くの幼稚園で教諭、園長として保育に携わる。

若い頃から精神世界系の書物に親しみ、夫亡きあとは精神世界、特に宇宙をベースにした多くの子供向け童話を執筆。

人生の価値観を童話として残したいと願っている。

著書に、『地球を救った星の子』（ナチュラルスピリット）、『童話・エッセイ・仁和加』、『春のかたみ』（グループわいふ）など。

笑った泣き地蔵
～御田慶子童話選集～
2007年9月1日　初版第1刷発行

著　者　御田慶子
発行者　韮澤潤一郎
発行所　株式会社たま出版
〒160-0004　東京都新宿区四谷4-28-20
☎03-5369-3051（代表）
http://tamabook.com
印刷所　図書印刷株式会社

ISBN978-4-8127-0239-0